Windspinne
Luft-
schlange
Luft-
molche
ikus
Sternschnupper
Schnipper
Himmels-
stürmer
fliegende Fische
Regenratte
Luftpirat (grau)

Luftpiraten

Für meine Mutter Marlene Orths

FSC
www.fsc.org
MIX
Papier aus verantwortungsvollen Quellen
FSC® C014138

3. Auflage 2023

ISBN 978-3-7641-5155-3

Lektorat: Emily Huggins
Umschlag- und Innenillustrationen: Lena Winkel
Druck und Bindung: Finidr, Tschechische Republik
Gedruckt auf Papier aus geprüfter nachhaltiger Forstwirtschaft.
www.ueberreuter.de

Markus Orths

Luft
PIRATEN

Roman für Kinder

Mit Illustrationen von Lena Winkel

ueberreuter

Inhalt

1

Das Luftpaket

Es gibt jede Menge Luftlöcher am Himmel, weit jenseits der Wolken. Die Menschen auf der Erde können sie leider nicht sehen. Erstens ist Luft für sie unsichtbar. Und zweitens sind Löcher für sie unsichtbar. Luftlöcher sind also doppelt unsichtbar. Und außerdem sind sie viel zu weit weg! Nur: Dass die Menschen sie nicht sehen können, heißt noch lange nicht, dass es sie nicht gibt. Im Gegenteil!

Luftlöcher sind richtige Behausungen. Fast wie Erdlöcher. Ein Erdloch ist ein Loch in der Erde, also ein leerer Raum, und um den leeren Raum herum gibt es eben: Erde. Genauso verhält es sich mit den Luftlöchern am Himmel. Das Luftloch ist ein Loch in der Luft, also ein leerer Raum, aber um den leeren Raum herum gibt es eben: jede Menge Luft. Statt aus Dreckschichten bestehen die Wände der Luftlöcher aus Luftschichten. Und Luft ist viel dichter, als man denkt. Man sagt, dass die Luft, je höher man kommt, immer dünner wird. Aber das Gegenteil ist der Fall! Sie wird immer dichter. Oder, um es anders zu sagen: Oben, am

Himmel, herrscht immer dicke Luft. Und das liegt an den seltsamen Bewohnern der Luftlöcher. Man nennt sie Luftpiraten.

Im Gegensatz zu den Piraten auf dem Meer sind Luftpiraten hoch über den Wolken Einzelgänger. Raue Gesellen sind das, die ständig schlechte Laune haben, verbittert und griesgrämig. Und weil sie so griesgrämig sind, ist die Haut der Luftpiraten grieselgrau. Weite, lange Umhänge verbergen den mächtigen Brustkorb. So einen Brustkorb braucht ein Luftpirat, um tief Luft zu holen vor dem Brüllen. Denn ein Luftpirat brüllt oft und laut.

Jeder Luftpirat trägt eine Augenklappe. Mit ihr verbirgt er sein gefährliches rechtes Blitz-Auge. Nimmt ein ausgewachsener Luftpirat die Augenklappe ab, kann er einen richtigen Blitz aus seinem Auge schleudern, so stark und hell, dass den anderen Luftwesen am Himmel angst und bange wird.

Meist bleiben Luftpiraten zu Hause, in ihren Löchern, jeder für sich. Dann wettern sie vor sich hin. Fluchen den ganzen Tag, beschweren sich und grummeln. Nichts passt ihnen in den Kram. Aber wenn ein Luftpirat ganz besonders üble Laune hat, schluckt er eine Handvoll Graupelteilchen, verlässt sein Luftloch und segelt hinab zu den Wolken. Dazu braucht er kein Schiff wie die Piraten auf den Meeren, er schafft es ganz allein mit seinen Flügelfüßen, auf denen er fliegen und schweben kann: *Surfen* nennt man das, *hutzeln* oder *schuffeln*. Die Wolken ballen sich zitternd zusammen, wenn sie einen Luftpiraten sehen. Sie haben Angst. Sie wissen, was jetzt kommt. Nachdem der Luftpirat eine Wolke geentert hat, wartet er auf einen anderen Luftpiraten. Und wenn der Gegner endlich kommt, wird sofort ein irrer Streit vom Zaun gebrochen.

Die Wolke läuft violett an, und bald prasselt ihr Angstschweiß in Strömen zur Erde. Die streitenden Luftpiraten dagegen werden immer lauter und blasen sich auf, ihre Stimmen krachen und röhren, sie werfen die Schlapphüte vom Kopf und die langen Haare nach hinten, und endlich reißen sie auch die Augenklappen herunter, und aus den rechten Augen sprühen gelbe, zackige Funken: Es blitzt und donnert. Das kann man auch von der Erde aus sehen. Und auf diese Weise entstehen die Gewitter.

Man schrieb das Jahr 13 Milliarden 730 Millionen 634 Tausend 327 nach dem Urknall. Der Luftpirat Doktor Amadäus Adiaba hockte am Schreibtisch seines Luftlochs Nr. 13.

Amadäus Adiaba war der einzige Lehrer im Johann-Sebastian-Krach-Gymnasium und las gerade fluchend die Hausaufgaben seiner Schülerinnen und Schüler. Diese furchtbar geraden und sauberen Buchstaben! Adiaba konnte sie sogar *lesen*. Die Schüler hatten sich tatsächlich Mühe gegeben! Entsetzlich! Dabei hatte er den Schülern eingebläut: Die Buchstaben müssen aussehen wie zackige Blitze! Keine Sau darf jemals entziffern können, was sie da geschrieben haben. Und jetzt das! Unglaublich! Diese Nichtskönner! Wütend schmierte Adiaba in den Heften der Schüler herum.

Da hörte er plötzlich ein Geräusch. Adiaba lauschte. Nein, er hatte sich nicht getäuscht: Es klopfte. An der Tür seines Luftlochs.

Das war ungewöhnlich. Das war mehr als ungewöhnlich. Das war ein Skandal! Bei einem Luftpiraten zu klopfen – das traut sich eigentlich nie jemand! Adiaba schuffelte zur Tür und riss sie auf. Ein Schwall Kondenswasser spritzte herein, die Sonne blendete ihn, und eiskalte Luft wehte ihm den Schlapphut vom Kopf.

Vor der Tür lag ein Paket.

Ein Luftpaket!

Adiaba stieß einen Schrei des Entsetzens aus. Alles, nur das nicht!

Adiaba war deshalb so erschrocken, weil er ganz genau wusste, was sich in einem solchen Luftpaket befinden musste: ein Luftpiratenkind. Ein winziges, soeben geborenes Luftpiratenkind! Junge oder Mädchen.

Alle Luftpiraten fluchen laut, wenn sie so ein Paket bekommen. Und Adiaba hasste Luftpiratengören ganz besonders. Nur deshalb war er ein so guter Lehrer. Dazu kam: Adiaba war als Lehrer eigentlich von der Aufzucht eigener Kinder befreit. Er hatte schon genug mit dem Unterrichten der fremden Kinder zu tun. Adiaba dachte also: Es kann sich nur um einen Fehler handeln! Irgendein dummer Irrtum! Und Adiaba riss das Paket an sich und las die Adresse.

Aber nein, es stimmte. Das Paket war an ihn adressiert:

An den Luftpiratenlehrer
Herrn Doktor Amadäus Adiaba
Luftloch Nr. 13
Monsun-Trasse
0005 Ätheria

Adiaba schaute sich um. Wer auch immer ihm das Paket gebracht hatte, er war bereits verschwunden. Und so stand Adiaba allein mit dem Luftpaket in Händen vor seinem Luftloch. Missmutig schwebte er zurück, schob langsam die schwere Tür ins Schloss und legte das Paket auf den Tisch.

Es war etwa so groß wie ein Atlas, mit grauem Packpapier umwickelt und fest verschnürt. Adiaba setzte sich auf seinen Sturmstuhl und dachte nach. Er rauchte eine Pfeife mit starkem Tobak, um noch wütender zu werden. Aber es half alles nichts. Es gab ein ganz klares Gesetz: Kein Luftpirat durfte ein Luftpiratenkind ablehnen. Wenn man ein solches Paket bekam, war man verpflichtet, es zu öffnen, den Schreihals herauszunehmen und ihn großzuziehen.

Alles, bloß das nicht!, dachte Adiaba.

Doch es blieb ihm keine Wahl.

Er verdrehte sein linkes Auge.

Noch zögerte Adiaba.

Er hatte viel gelesen und wusste Bescheid über Luftpiratenkinder. Wenn er das Paket öffnete, würde ein aschgraues Kind drinnenliegen und schreien und toben. Adiaba seufzte. Wenn er schon an das Windelnwechseln dachte, das jetzt auf ihn zukäme!

Endlich erhob er sich, knotete die Schnüre auf und öffnete das Paket. Er sah … Adiaba traute seinem linken Auge nicht! Gewiss, das Kind schien ein echtes Luftpiratenkind zu sein: mit Köpfchen, einem geschlossenen linken Auge und einer Augenklappe über dem rechten Auge, mit Händchen, Ärmchen, Beinchen, Flügelfüßchen und einer Knollenbrust. Gesund und munter. Und ein Junge.

Aber der Kleine war keineswegs aschgrau, wie es sich für ein ordentliches Luftpiratenkind gehört hätte, sondern schneeweiß.

Das konnte nicht sein!

Das durfte nicht sein!

Adiaba fiel die Pfeife aus dem Mund vor Schreck. Noch nie hatte er von einem schneeweißen Luftpiraten gehört. Ja, Wolken waren weiß, diese erbärmlichen Knubbel weit unter ihnen in der Frischen-Luft, diese Angst-Kühe, so nannte man sie. Aber ein Luftpirat? Nein! Niemals!

Jetzt schlug der Kleine sein linkes Auge auf.

Doch er schrie nicht.

Er blieb stumm.

Er sah neugierig zu Adiaba hoch. Und zuckte zusammen. Kein Wunder: Wie jeder ausgewachsene Luftpirat war Amadäus Adiaba etwa drei Meter groß. Lange, wüste Haare fielen ihm in die Stirn. Dazu sein leuchtendes linkes und die Augenklappe über dem rechten Auge. Die Nase war platt, der Mund mit blitzblanken Zähnen besetzt. Adiaba hatte seine Windhose bis zum Bauchnabel hochgezogen und trug den grauen, weiten Umhang, und sein Brustkorb darunter wirkte wie eine gigantische Kartoffel. Der Luftpiratenjunge schien kurz zu schwanken, ob er schreien oder weinen sollte.

Doch er schrie nicht.

Und er weinte nicht.

Er zögerte noch kurz.

Und dann lachte er.

Aber nicht etwa hässlich, sondern freundlich.

Ungefähr so, dachte Adiaba sofort, wie diese blöde Sonne lacht, den ganzen Tag. Die Sonne, die nichts anderes zu tun hat, als zu lachen. Entsetzlich!, dachte Adiaba. Jedes Luftpiratenkind muss schreien! Vom Tag der Geburt an: schreien und brüllen! Der Kleine hier aber streckte Adiaba strahlend seine Ärmchen entgegen und neigte den Kopf.

Adiaba blieb nichts anderes übrig. Er nahm ihn hoch. Der Junge schmiegte sich an seinen Brustkorb und Adiaba vergaß für einen Augenblick, dass er ein Luftpirat war. Das Zutrauen des Jungen ließ ihn still werden. Minutenlang schwebte Adiaba im Luftloch auf und ab und wiegte den Jungen. Als er ihn ins Paket zurücklegen wollte, schüttelte der Junge den Kopf und wies mit dem rechten Zeigefinger auf das große Bett, das im Raum stand.

»Das ist *mein* Bett!«, grummelte Adiaba.

»Bäh!«, machte das Kind.

»Von mir aus«, sagte Adiaba, »wir können es ja versuchen.«

Er legte den Kleinen in sein Bett, der Junge kuschelte sich an die Luftkissen, schloss das Auge und schlief ein.

Adiaba lächelte.

Und erschrak.

Er versuchte sich zu erinnern, wann er das letzte Mal in seinem

Leben, ja, ob er überhaupt in seinem Leben schon mal gelächelt hatte. Was mach ich hier eigentlich?, dachte Adiaba. Das ist doch wahnsinnig! Luftpiraten haben immer schlechte Laune! Verbitterte, griesgrämige Eigenbrötler sind wir doch! Einzelgänger! Wir hassen Kinder! Und jetzt das!? Da stimmt doch was nicht. Nur was? Adiaba kratzte sich am Kopf. Er hatte keine Ahnung, wie ihm geschah.

2

Was Luftpiratenkinder lernen sollen

Die Luftstadt Ätheria ist Teil der Republik Firmament. Ungefähr einhundert Luftpiraten leben dort. Jeder in seinem eigenen Luftloch. Die Luftlöcher sind in Ätheria unterirdisch miteinander verbunden, das heißt, unterluftig. Luftlöcher sind sehr groß und von innen gut abgeschottet und dämmrig, die Luftwände bieten Schutz vor den Winden. Eine einzige Tür dient als Eingang. Fenster gibt es keine, denn Luftpiraten meiden das Licht: Die Sonne kann ihnen gestohlen bleiben. Außerdem verfügt ihr linkes Auge über eine eigene, innere Leuchtkraft. Luftpiraten brauchen kaum künstliches Licht, um etwas sehen zu können.

In jedem Luftloch gibt es einen Keller. Von den Kellern führen lange, sich kreuzende Gänge in die Stadt Ätheria und in die verschiedensten Luftschutzbunker. In einem dieser Luftschutzbunker befindet sich die Schule für Luftpiratenkinder, das JSK-Gymnasium.

In dieser Schule arbeitete Doktor Amadäus Adiaba. Und zwar, wie in jeder Luftpiratenschule einer jeden Luftstadt, als einziger Lehrer. Er musste folglich alle Fächer unterrichten, zum Beispiel: Donnern (Grollen, Brüllen), Blitzen (Schleudern, Einschlagenlassen), Streiten (Aus-der-Luft-Greifen, Hässlich-Lachen, Anzetteln), Wutkunde (Schäumen, Überkochen), Schnellschuffeln sowie die langweilig-theoretischen Grundlagen der Piraten-Physik (Elektrizität, dunkle Materie und miese Atmosphäre) oder Philosophie (scherzhaft Philozoffie genannt) und noch vieles andere mehr.

Am nächsten Morgen erwachte Adiaba wie gerädert: Er hatte gelächelt! So etwas durfte nicht noch mal passieren. Vor allen Dingen durfte niemand Wind davon bekommen.

Adiaba tat, was er am liebsten tat: Er ärgerte sich. Über Kleinigkeiten. Nichts war an seinem Platz. Die Luftpolster lagen auf dem Herd, das Luftkissen neben dem Donnerbalken, der Föhn unterm Bett. Er ärgerte sich über den Dreck im Luftloch und riss die Tür auf. Um seine Wut zu verstärken, rupfte er Wutschnauberich, Ärgerkresse und Hysterizien aus seinem Streitkräutergarten und stopfte alles in sich hinein, zum Schluss drei Zorndornen, deren Verzehr schmerzte und den Zorn gewaltig auflodern ließ. Und dann eilte er in die Schule.

Na warte, dachte er, denen komme ich bei! Heute werden die was erleben, die Kinder!

Er stürmte voller Wut in den Klassenraum. Erst vor Kurzem waren die Schülerinnen und Schüler hier eingeschult worden. Sie konnten noch nicht viel. Eigentlich nichts! Es war nicht einfach, aus diesem laschen Haufen blitzgescheite Luftpiraten zu machen.

Die Schüler hatten sich noch nicht an die neue Umgebung gewöhnt. Alle blickten andächtig zu Adiaba auf. Diese Autorität! Dieses Auge! Diese Augenklappe! Diese Erscheinung! Doppelt so groß wie sie selbst! Tuschelnd saßen sie auf ihren Plätzen: Acht der sechzehn Schüler saßen mit Blick nach vorn gerichtet, die anderen acht ihnen direkt gegenüber. Am selben Tisch. So hatte jeder während des Unterrichts einen Gegner, oder besser gesagt, einen Streitpartner: Konfrontations-Sitzordnung hieß das.

»Was ist denn hier los?!«, brüllte Adiaba. »Hört sofort auf zu tuscheln! Wer flüstert, der lügt! Ein Luftpirat muss laut sein! Wer nicht laut spricht, schreit oder brüllt, der wird nie gehört werden. Und wer nie gehört wird, ist kein Luftpirat! Was sitzt ihr da rum!? Ihr sollt nicht still sitzen! Wer still sitzt, rostet und versauert auf der Schulbank. Die Stühle sind dazu da, um von ihnen aufzuspringen! Die Tische sind dazu da, um auf ihnen herumzutrommeln. Lärm!«, donnerte Adiaba. »Ihr seid an der Johann-Sebastian-Krach-Schule! Die Schule hat ihren Ruf zu verlieren, mehr als ihren Ruf, ihren lauten Ruf, um nicht zu sagen, ihr Geschrei! Unsere Schule ist neben dem Georg-Friedrich-Händel- und dem Theodor-Sturm-Kolleg *die* Eliteschule des Luftraums. ›Lärm ist unser Elixier. Stille aber hassen wir!‹ So die Worte unseres Dichters Friedrich Brüller. Merkt sie euch!«

Eine gute Überleitung, denn an diesem Tag stand Brüllen auf dem Stundenplan. Die Schüler mussten ihre Hände in die Seiten stemmen und die Münder öffnen. Adiaba verbesserte Haltung und Atmung und gab jede Menge Tipps. Nachdem sich die Schüler so richtig ausgedonnert hatten, sprach Adiaba ein wenig über Ernährung (Hasslauch, Stichhafer und Löwenzahn), ehe er zum Hässlich-Lachen kam, als Teil des Streitunterrichts.

»Das Hässlich-Lachen braucht man«, rief Adiaba, »um andere Luftpiraten bis aufs Blut zu ärgern. Und ärgern muss man die anderen, um so richtig streiten zu können. Es gibt eigentlich nie einen Grund, miteinander zu streiten. Die Gründe für den Streit sind immer aus der Luft gegriffen. Wenn man also streiten will, muss man den anderen wütend machen. Und das geht am besten, wenn man ihn auslacht. Genau deshalb ist Hässlich-Lachen so wichtig.«

Obwohl Adiaba an diesem Tag vor Energie zu funkeln schien, dachte er während des Unterrichts immer wieder an das weiße Kind in seinem Luftloch. Er wollte es nicht wahrhaben, aber er freute sich irgendwie darauf, nach Hause zu kommen.

Nach der Schule surfte Adiaba schneller als sonst durch die Gänge und rief schon vom Keller hoch: »Ich bin wieder da!«

Er war – guter Laune.

Der Junge schlief. Adiaba setzte sich ans Bett und schaute einfach nur auf den schlafenden Jungen. Er hätte nicht sagen können, wie lange. Hier, in der Nähe des schneeweißen Luftpiratenkindes, da fühlte Adiaba sich so … keine Ahnung, wie man das nannte, das würde er mal nachschlagen müssen, so … anders eben als sonst. Der Junge war so schrecklich weiß. Als wäre diese Weißheit ein Geruch oder ein Geräusch, umhüllte sie Adiaba, lullte ihn ein, ließ seinen Ärger schmelzen und ihn immer mehr in eine sanfte Ruhe gleiten.

Doch dann schlug Adiaba sich vor die Stirn. Die Taufe!

Laut *Allgemeiner Luftschutzordnung* musste die Taufe eines Kindes »unverzüglich nach Erhalt« stattfinden. Jede Luftstadt besitzt eine *Allgemeine Luftschutzordnung*. Aufgestellt wird sie vom Kapitän der Luftstadt. Und der haust in einem Luftschiff inmitten der Stadt.

Adiaba seufzte, als er jetzt sein weißes Kind betrachtete. Doch dann strich er dem schlafenden Jungen durch die Haare. Er sah ihn lange an. »Lass dich mal anschauen, Junge. Wie soll ich dich bloß nennen? Du brauchst einen Namen. Ich habe noch nie jemandem einen Namen gegeben. Ich weiß gar nicht, wie das geht. Und was für Namen es überhaupt gibt. Lass mal schauen. Dein Name ist … hm … Ich hab's gleich … Diese Stirn, diese Farbe, dieses Auge … Du heißt … Dein Name ist … hm … also das

Streiten musst du noch lernen, den Zank, den Zorn, den Zwist, Zwist, Zwi… Zwa… Zwo… Zwost, aber eigentlich siehst du aus wie Wolle, Wolle, weiße Wolkenwolle, hm, Zwille, Zwalle, Zwolle, Zwolle? Zwolle! Wie wäre es mit Zwolle? Ja! Zwolle ist ein guter Luftpiratenname. Zwolle! Einverstanden?«

Und als hätte der Junge ihn gehört, nickte er im Schlaf.

3

Der Blinde Passagier

Luftpiraten entwickeln sich wesentlich schneller als Menschen. Sie lernen alles wie im Flug. Auch Zwolle konnte schon nach zwei Tagen gut sprechen und sogar sehr gut hutzeln und schuffeln mit seinen Flügelfüßchen. Einen Rückwärtssalto schaffte er nach vier Tagen.

Nur in einem Punkt verhielt er sich absolut anders als alle übrigen Luftpiraten. Man muss wissen: Alle neugeborenen Luftpiraten sind Schreikinder, entsetzlich nervige, grölende Gören. Sie brüllen für gewöhnlich die ganze Nacht durch, um ihren Vater oder ihre Mutter auf Trab zu halten; und sie plärren den ganzen Tag vor Hunger oder weil ihnen irgendwas nicht passt. Das ist von der Natur gut eingerichtet, denn so bekommen die Luftpiraten noch schlechtere Laune, als sie ohnehin schon haben.

Bei Zwolle aber war das nicht der Fall. Höchst merkwürdig, dachte Adiaba. Zwolle schrie nie; er war nicht zornig; sein Körper färbte sich nicht grau, wie Adiaba gehofft hatte, sondern blieb einfach strahlend weiß; er stritt nicht; er grollte nicht; er muckte nicht auf; er war nicht trotzig, nicht launisch, nichts. Soviel Stichkräuter Adiaba dem kleinen Wicht auch ins Essen mischte, nichts schien bei ihm zu wirken. Zwolle wuchs einfach keine Zornesader auf der Stirn. Adiaba seufzte mehr als einmal am Tag. Das hatte doch mit einem Luftpiraten nichts zu tun! Und Adiaba fragte sich, ob Zwolle überhaupt ein Luftpiratenkind war oder ein ganz anderes Wesen. Aber welches? Hm, schwierig. Es half alles nichts. Adiaba musste herausfinden, was es mit diesem weißen Kind auf sich hatte.

Dazu machte sich Adiaba am Wochenende auf den Weg nach Eboris, der berühmten Universitätsstadt der Luftpiraten, in der die Ewigen Studenten studierten, siebzehn an der Zahl, unter Leitung von Theo Rättich, ihrem Professor. Die Studenten veröffentlichten pausenlos allerneueste Streitschriften zu allen möglichen Themen, die sofort von den übrigen Studenten gelesen und vernichtend verrissen wurden, in der Universitäts-Zeitschrift *Heiße Luft*. Adiaba lief aber keinem der Studenten über den Weg, weil jeder von ihnen in einem abgekapselten Arbeitsraum allein vor sich hin arbeitete. Die Bücher, die man brauchte, wurden voll elektronisch an den Arbeitsplatz transportiert.

Adiaba zog sich in einen Arbeitsraum zurück, bestellte das *Luftpiratengesetzbuch* und seufzte, als aus einer Röhre eine Ladung von 26 Büchern auf seinen Schrei-Tisch gekippt wurde. Der Tisch schrie sofort auf und beugte sich unter der schweren Last. Adiaba öffnete den Band Nummer 23 und fand nach einigem Suchen den Eintrag *Weißer Luftpirat*. Er verschluckte sich vor Aufregung. Mit zitternden Fingern las er: »Ein Weißer Luftpirat erscheint zum Glück nur alle Jubeljahre einmal. Ein Weißer Luftpirat ist ein Luftpiratenkind, dem das gewisse Etwas fehlt, eine Missgeburt. Man nennt so einen Weißen Luftpiraten deshalb auch Blinder Passagier«, hieß es weiter, »weil sein rechtes Auge blind bleiben wird. Blind für Blitze! Zwar trägt auch ein Weißer Luftpirat von Geburt an eine Augenklappe, aber wenn man sie ihm abnimmt, kommt nicht das winzigste Blitzlein zum Vorschein. Ein Weißer Luftpirat wird demnach niemals blitzen können.« Und dann las Adiaba: »Ein solcher Fehler darf von der Luftpiratengemeinschaft niemals geduldet werden. Daher gilt folgende Gesetzesregelung: Der Luftpiratenvater oder die Luftpiratenmutter muss den Blindgänger sofort in einem Becken mit Luftfeuchtigkeit ertränken. Wird dies nicht getan, droht dem verbrecherischen Erzieher eine lebenslängliche Haft im Tafelberg.« Adiaba klappte das Buch zu. Er zitterte. Und tupfte sich Hagelschweißperlen von der grauen Stirn.

Wieder zurück in seinem Luftloch, dachte Adiaba lange nach. In den letzten Tagen, die er mit Zwolle verbracht hatte, war etwas geschehen. Ein Gefühl hatte sich in ihm breitgemacht, ein Gefühl, für das ihm das Wort fehlte. Zuneigung? Dunkel erinnerte er sich an diesen Ausdruck. Er klappte sein Gefühls-Fremdwörterbuch auf: »Zuneigung = Das Gefühl, jemanden zu mögen.« Adiaba blätterte weiter. »Mögen = Für jemanden Liebe empfinden.« Weiter: »Liebe = Eine starke Zuneigung.« Adiaba hatte den Eindruck, sich im Kreis zu drehen. Er warf das Gefühls-Fremdwörterbuch in die Ecke und sagte sich: Ich warte noch ab. Woher weiß ich denn, dass mein Zwolle tatsächlich ein Blinder Passagier ist? Vielleicht wird er doch noch grau werden. Wenn ein Weißer Luftpirat so selten erscheint, warum ausgerechnet jetzt und bei mir? Nein, nein, ich muss mir erst ganz sicher sein und Zwolle gründlich beobachten.

Nach einer weiteren Woche zeigte sich immer noch kein Grollen im Gesicht des Kleinen. Er war und blieb weiß. Und schließlich tat Adiaba, was er tun musste, um ganz sicherzugehen: Als Zwolle eines Morgens aufwachte, klappte Adiaba dessen Augenklappe hoch. Zwolle blinzelte erstaunt mit seinem rechten Auge. Und Adiaba erschrak: Das rechte Auge glich exakt dem linken. Es gab keinen Unterschied. Kein noch so kleiner Funken zuckte in den Pupillen. Es wirkte wie erloschen! Völlig unmöglich, dass aus diesem Auge jemals ein Blitz sprühen würde!

Es gab jetzt keinen Zweifel mehr: Das Auge funktionierte nicht, der Junge war sanftmütig wie ein Schäfchen, und es war sonnenklar: Zwolle war ein Blinder Passagier, ein Weißer Luftpirat, ein hässlicher Blindgänger. Adiaba schluckte, als er daran dachte, was er jetzt zu tun hatte.

»Ich muss ihn ertränken!«

»Es ist ja kein richtiger Luftpirat.«

»Ich muss es tun!«

»Ein Weißer Luftpirat!«

»Ein Blinder Passagier!«

»Der niemals zünden wird!«

»Niemals funktionieren!«

»Fort mit ihm!«

Tagelang flüsterte Adiaba solche und andere Sätze vor sich hin, um endlich den Mut zu finden, es zu tun. Irgendwann gab Adiaba sich einen Ruck. Er nahm einen Putzlappen, fuhr mit ihm über die Wände seines Luftlochs und wischte jede Menge Luftfeuchtigkeit auf. Er hielt das Tuch über die Badewanne und wrang es aus. Immer wieder tat er das. Als die Badewanne endlich bis zum Rand gefüllt war, rief er Zwolle zu sich und sagte ihm, es sei Zeit für ein Bad. Zwolle surfte heran auf seinen Flügelfüßchen, sprang ins Wasser, gurgelte und klatschte vor Freude. Adiaba aber drückte den Kleinen unter Wasser und hatte das Gefühl, als halte er sich selber unter Wasser. Als sei er dabei, sich selber zu töten. Ein speerspitzer Stich in der Brust. Und dann, ja, dann, in genau diesem Augenblick, da brannte Adiabas rechtes Blitz-Auge höllisch auf unter der Augenklappe. Wie glühende Lava lief etwas seine Wange hinab und hinterließ eine funkelnde Spur. Adiaba schrie. Dieser Schmerz: unerträglich. Das musste … Das war … Das konnte nur eine … eine Feuerträne sein. Noch nie im Leben hatte Adiaba eine Feuerträne vergossen! Die Träne tropfte ins Wasser der Badewanne und verdampfte zischend.

Eine Feuerträne!

Das war ein Zeichen!

Sofort riss Adiaba Zwolle hoch, er drückte ihn an seinen Brustkorb und rief immer wieder: »Es tut mir leid!«

Aber Zwolle verstand nicht, was Adiaba meinte. Er dachte, das Ganze sei nur ein Spiel gewesen. Und prustete seinem Vater Wasser ins Gesicht, das er im Mund gesammelt hatte.

Beinah hätte ich ihn umgebracht!, dachte Adiaba. Dieses kleine unschuldige Wesen? Nein! Niemals! Warum auch? Nur weil es im Gesetzbuch steht? Zwolle hat niemandem etwas getan! Er wird auch in Zukunft niemandem etwas tun. Keiner muss Angst vor ihm haben. Keiner muss überhaupt von Zwolle erfahren. Mehr noch: Keiner *darf* von Zwolle erfahren. Wenn herauskommt, dass es einen Weißen Luftpiraten gibt! Wenn man erfährt, dass ich ihn nicht getötet habe! Nein, nein, ich muss geheim halten, dass Zwolle existiert. Ich werde eine Lösung finden. Noch weiß ja keiner von ihm. Ich werde Zwolle aufziehen! Ich werde meine helle Freude an ihm haben. Ich habe noch nie in meinem Leben an irgendetwas meine Freude gehabt! Ich habe mein ganzes Leben immer nur fürs Donnern und Streiten gelebt, jetzt wird es Zeit, mal etwas anderes zu tun.

Am Abend setzte sich Adiaba aufs Bett, neben Zwolle, und betrachtete den schlafenden Jungen. In Adiaba keimte ein neues Gefühl. Ein heimlicher Jubel. Eine Vorfreude auf das, was kommen würde. Und sein linkes Auge glänzte glücklich, ehe er einschlief.

4

Adiaba verändert sich

Adiaba schlug sich gut als Vater: Er wechselte Windeln, nähte Zwolle die erste eigene Windhose und kaufte einen grauen Umhang. Er pflegte Zwolle bei allen Kinderkrankheiten, von Luftmasern bis zu Windpocken. Er baute ihm ein neues Bett und bastelte jede Menge Spielzeug.

Je mehr Zeit er mit Zwolle verbrachte, desto milder wurde Adiaba. Immer ruhiger. Ausgeglichener. Friedfertiger. Zwolle hatte ein sonniges Gemüt, er lachte viel und spielte gerne. Und das hatte etwas Ansteckendes: Adiaba konnte einfach nicht anders, als ebenfalls gut gelaunt zu sein. Es herrschte eine höchst angenehme Atmosphäre im Luftloch. Die ständige Hochspannung verschwand, den Streitkräutergarten pflügte Adiaba um und pflanzte stattdessen Beruhigungstees, Stimmungsaufheller und Gute-Laune-Gräser.

Natürlich: Die Wandlung Adiabas vollzog sich nicht von heute auf morgen. Es dauerte ein wenig. Adiaba war viel zu lange ein fluchender Luftpirat gewesen, als dass er die alten Gewohnheiten einfach so hätte abstreifen können. Es erwies sich daher als überaus nützlich, dass Adiaba weiterhin jeden Morgen ins Johann-Sebastian-Krach-Gymnasium gehen musste, um den Gören dort ordentlich einzuheizen. So lebte Adiaba in gewisser Weise gespalten: In der Schule gab er den übellaunigen, grollenden Luftpiratenlehrer; zu Hause, Zwolle gegenüber, war er Fröhlichkeit und Freundlichkeit in Person.

Doch im Lauf der Zeit wurde Adiaba der Lärm in der Schule immer lästiger. Es fiel ihm von Tag zu Tag schwerer, den düsteren Schulbunker aufzusuchen. Es gelang ihm immer weniger, die Wut fürs Unterrichten aufzubringen. Ja, das Unterrichten quälte ihn sogar. Dieser Lärm! Dieses Gekeife! Dieses unermüdliche Toben! Wie könnte er dem entrinnen? Adiaba war ein guter Bastler. So tüftelte er eine Weile herum, ehe es ihm gelang, ein Gerät zu erfinden, das seine Ohren schützte. Die Schreie der Kinder hallten nur noch wie aus weiter Ferne zu Adiaba. Er war zufrieden und nannte seine Erfindung: *Überhör*gerät. So konnte er den Lärm überhören und jeden Morgen gelassen in die Schule gehen.

Zwolle führte unterdessen ein wunderbares Leben. Er fühlte sich pudelwohl. Die reine Schwerelosigkeit. Es gab nichts, was ihn betrübte. Zwolle lernte rasend schnell. Er liebte seinen Vater, der nachmittags mit ihm spielte und abends Geschichten erzählte, Fantasiegeschichten, die nichts mit der Wirklichkeit zu tun hatten.

Denn über die gesamte Welt der Luftpiraten verlor Adiaba

kein Wort. Zwolle sollte nichts von diesen grauen Piraten erfahren, nichts von der Stadt Ätheria und dem Kapitän namens Peer Dekret, nichts von den vielen Luftlöchern und nichts von der wilden Furie Donna Brubu, Adiabas Nachbarin, die im Luftloch Nummer 11 hauste. Nein, dachte sich Adiaba. Wenn ich Zwolle das alles erzähle, wird er mich fragen, weshalb er selber nicht grau ist, sondern weiß! Weshalb er selber stets gut gelaunt ist und nicht schlecht! Weshalb er niemals in die Schule gehen darf, wenn er ein Jahr alt ist. Und dann muss ich ihm vom Weißen Luftpiraten erzählen. Und davon, dass ein Weißer Luftpirat sich in höchster Gefahr für Leib und Leben befindet. Nein, nein, solche Sachen behalte ich lieber für mich.

»Darf ich morgen mal raus, Papa?«, fragte Zwolle, als er zwei Monate alt war. Er deutete auf die Eingangstür.

»Nein«, sagte Adiaba.

»Aber warum denn nicht?«

»Das ist zu gefährlich. Draußen lauern Winde. Wenn dich so ein Wind erwischt, wirst du mitgerissen bis zum Äquator.«

»Was ist denn der Ä-Ä-qua…?«

»Der Äquator? Eine Gegend. Auch am Himmel. Dort ist es ruhig, warm und sonnig.«

»Dann will ich mal dahin, Papa!«

Adiaba kratzte sich am Kopf. »Nein«, sagte er. »Man weiß nie, was sonst noch in den Strömungen mitfliegt. Fiese, fette Monsunkrokodile, dämliche Luftpumpen, die Spiegelglatten. Oder …«

»Was sind denn Spiegelglatte?«

»Och, nicht so wichtig!«, hustete Adiaba.

»Jetzt sag mir bitte: Wo gehst *du* denn jeden Morgen hin, Papa? Ich will auch mal mitkommen!«

»Ich … eh … ich gehe zur Arbeit.«

»Was arbeitest du denn?«

»Ich … Das erzähle ich dir ein anderes Mal. Aber eins ist klar: Du musst hierbleiben! Im Luftloch. Das ist dein Zuhause!«

»Ganz allein?«

Und Adiaba erschrak: Zum ersten Mal schaute Zwolle ihm ein wenig traurig hinterher, als er das Luftloch verließ. Den ganzen Tag über dachte Adiaba über Zwolles Wort nach. Allein, dachte Adiaba, Zwolle hat recht. Allein: Das ist nicht gut. Jeden Morgen allein! Vielleicht kann ich ihm eine Freude machen.

An diesem Tag schuffelte Adiaba nach der Schule nicht wie üblich zurück in sein Luftloch, sondern schlug einen anderen Weg ein: in die Stadt, nach Ätheria, wo die Luftpiraten einkaufen oder kegeln oder ins Kino gehen können und vieles andere mehr. Begegnete Adiaba auf seinem Weg in die Stadt anderen Luftpiraten oder Luftpiratinnen, so rempelten diese ihn kräftig an und riefen etwas wie: »Pass auf! Wenn ich dich auf einer Wolke erwische! Dann mach ich dich platt, Alter!« Es herrschte immer ein ruppiger Umgangston unter den Piraten.

Adiaba aber beachtete die anderen nicht.

In der Stadt näherte er sich einer Lufttierhandlung. Sie gehörte Adiabas Nachbarin aus Luftloch Nummer 11, einer kräftigen, violetthaarigen Luftpiratin namens Donna Brubu. Das war eine wilde Furie. Die immer ganz besonders schlechte Laune hatte. Vor der Lufttierhandlung stand ein Schild:

Bleibt bloß draußen!
Sonst gibt's Saures!

Adiaba öffnete die Tür. Lautes Scheppern verkündete seinen Eintritt. Sofort hörte er das Krächzen und Zirpen, Bellen und Winseln der verschiedensten Lufttiere in ihren Käfigen. Es lag schwerer, süßlicher Gestank nach Kot und Tiernahrung in der Luft.

Donna Brubu saß dösend auf einem Sturmstuhl und blickte auf. »Was willst du denn hier, Adiaba?«, rief sie. »Ist die Schule schon aus? Du fauler Sack, du!«

»Ich suche ein Haustier«, sagte Adiaba.

»Warum denn das!? Reichen dir deine Gören nicht mehr?«

»Nein, ich brauche ein Haustier, um ab und zu mein Mütchen zu kühlen«, log Adiaba. »Ich bin alt geworden, Donna. Ich surfe

nicht mehr oft zu den Wolken hinab, um Streit zu suchen. Ich brauche hin und wieder irgendwas Lebendiges in meinem Luftloch, in das ich meine Blitze schleudern kann.«

»Blitzen in den Luftlöchern ist verboten!«, rief Donna.

»Ach was! Scherst du dich etwa um Verbote, Donna?«

»Gut! Das ist gut, Adiaba!«, sagte Donna. »Das lob ich mir. Schau dich um und sag mir, wenn du ein passendes Tierchen gefunden hast. Aber frag mich bloß nicht um Rat! Sonst werd ich fuchsteufelswild!«

Adiaba schuffelte an Gittern und Stäben vorbei und begutachtete die verschiedensten Tiere: fette, quengelnde Luftwatschler mit gelbgrünen Schnäbeln, stets bibbernde Eisvögel, röchelnde Sturmschildkröten, winzige, aufgeregt flatternde Regenschirmchen, dazu braungraue, bös bellende Donnerdackel und einige blinde Blitzschleichen, die suchend umhertasteten, sowie faule, aber gefräßige Monsunkrokodile.

So richtig konnte Adiaba sich nicht entscheiden.

Da sah er hinten in der Ecke etwas Blaues schimmern. Adiaba hutzelte hin. In einem großen Glaskasten schwebte ein Wesen, das Adiaba noch nie zuvor gesehen hatte: ein tiefblauer, wolkiger, fluffiger Körper, dazu Flügel, zwei Ärmchen und kluge, sanfte Äuglein in einem fröhlichen Gesicht. Das Wesen zwinkerte Adiaba zu.

»Was ist das für ein Tier?«, rief Adiaba zu Donna, biss sich dann aber auf die Zunge, weil er sich daran erinnerte, dass er Donna nicht stören durfte. Doch Donna Brubu hatte Kopfhörer aufgesetzt und hörte anscheinend Heavy-Metal-Musik.

»Ich bin kein Tier! Ich bin ein Luftikus«, antwortete das blaue Wesen mit samtener Stimme, und Adiaba zuckte zusammen.

»Donnerwetter! Ein Luftikus!?«

»Ja. Es gibt nur noch sieben Luftikusse in ganz Firmament«, sagte der Luftikus.

»Ich weiß, ich weiß. Und wie heißt du?«

Der Luftikus breitete die Flügel aus und sein wolkiger Körper plusterte sich. »Mein Name ist Leandro Theobald Fludowick, aber alle sagen einfach Kaspar.«

»Kaspar? Seltsamer Name! Und stimmt es, was man über Luftikusse sagt: Dass sie sich verwandeln können? In jede denkbare Gestalt?«

»Ja. Deshalb bin ich auch in einem Glaskasten gefangen.«

»Wie meinst du das?«

»Würde ich in einem Käfig stecken, dann könnte ich mich ja in eine Fliege verwandeln und einfach fliehen.«

»Das heißt, du würdest gerne raus aus dem Kasten?«

»Liebend gerne!«

»Warum verwandelst du dich nicht einfach in einen Elefanten? Dann würde der Kasten ruck, zuck platzen.«

»Das geht nicht. Es gibt eine Grenze für uns Luftikusse.«

»Was für eine Grenze?«

»Wir Luftikusse können nicht größer als zwei Meter werden. Leider. Das ist von der Natur so eingerichtet.«

»Hm. Das ist blöd«, machte Adiaba. »Also etwa so groß wie der Kasten hier?«

»Genau!«

»Und willst du dich mal verwandeln für mich?«

»Gerne. Ich kann mich in alle Wesen wandeln, die du dir wünschst.«

Und Kaspar wurde plötzlich zum Delfin, zum Rochen, zum Pferd, zuletzt zur Katze, das ging alles sehr schnell. Schließlich wandelte er sich wieder in seine ursprüngliche wolkenhafte Gestalt.

»Bist du freundlich oder streitsüchtig?«, brummte Adiaba.

Kaspar überlegte einen Augenblick, er schien abzuwägen, welche Antwort die richtige war. Dann sagte er: »Sanftmütig wie ein Lamm!« Kaspar wurde zu einem blauen Schaf. Dann aber sah Adiaba urplötzlich die Gestalt eines wilden Löwen vor sich, und Kaspar brüllte fürchterlich laut, ehe er sagte: »Oder wild wie ein Löwe. Wie du magst. Hauptsache, Kaspar kommt raus aus dem Käfig.«

»Das heißt, du kannst auch freundlich sein?«

»Wie die Sonne.«

Adiaba nickte schwerfällig. »Ich komme gleich wieder«, sagte er.

Dann hutzelte er zurück zu Donna und tippte ihr auf die Schulter.

»Was willst du jetzt schon wieder?«, stöhnte Donna.

»Ich nehme den Luftikus dort hinten«, sagte Adiaba.

»Was? Das wird hagelteuer! So ein Luftikus, das kostet, Adiaba! Es gibt nur noch sieben Luftikusse. Außerdem wollte ich den Luftikus meiner Tochter Franka schenken. Wenn du ihn haben willst, musst du den doppelten Preis zahlen.«

»Du hast eine Tochter?«

»Und was für eine! Ich sag dir schon jetzt, Adiaba, denk an meine Worte: Franka wird die größte Luftpiratin aller Zeiten werden! Kein Wunder! Bei meiner Erziehung! Ha! Sie ist schon jetzt – mit zwei Monaten!!! – in der Lage zu blitzen! Sie übt jeden Tag! Stundenlang! Du wirst ihr nichts mehr beibringen können, wenn sie zu dir in die Schule kommt, Adiaba!«

»Zwei Monate! Dann ist sie genauso alt wie …«

Adiaba verstummte.

»Was sagst du?«, rief Donna Brubu. »Genauso alt wie wer?«

Adiaba hatte sagen wollen: Genauso alt wie mein Sohn! Er merkte aber im letzten Augenblick, dass er sich damit beinah verraten hätte, und schluckte seine Antwort hinunter. Niemand durfte von Zwolle erfahren!

»Nichts, nichts!«, sagte Adiaba. »Aber Vorsicht, Donna! So wie du von Franka sprichst, könnte man meinen, du *liebst* sie.«

Donna bekam einen kurzen Hustenanfall.

»Wie viel«, fragte Adiaba, »willst du denn haben für diesen Luftikus?«

»Siebzig Öre!«, keuchte Donna.

Adiaba zuckte zusammen. »Ich zahle nur fünfzig!«, rief er und schlug mit der Hand auf den Tisch.

»Das ist die Höhe!« Donna sprang auf. »Du willst feilschen? Mit mir!!??« Ihre Zornesader schwoll mächtig an. Sie erhob sich ein Stückchen vom Luftboden unter ihren Flügelfüßen.

Da erinnerte sich Adiaba an seine Zeit als gefürchteter Luftpirat, vor zwei Monaten noch, ehe Zwolle aufgetaucht war. Und er blies sich kräftig vor Donna auf, in ganzer Größe, seine Gesichtszüge brauten sich zu einem Orkan zusammen, und er warf den Schlapphut in die Luft. »Willst du Streit!?«, donnerte er. »Sollen wir uns eine Wolke suchen? Jetzt? Sofort? Siebzig Öre! Das ist lächerlich! Ich zahl nur fünfzig!«

Donna ließ sich nicht einschüchtern.

»Komm her, Adiaba!«, rief sie. »Glaubst du, ich hab Angst vor dir? Deine Gören mögen sich in die Windhosen machen, wenn du dich aufbläst! Ich lache nur darüber.«

Adiaba fing seinen Schlapphut wieder auf. Er hatte das Gefühl, Donnas Streitlust nicht mehr gewachsen zu sein. »Also gut!«, rief er. »Siebzig Öre!« Beinah hätte er gesagt: Ich will keinen Streit! Aber er biss sich rechtzeitig auf die Zunge.

»Du kneifst?«, rief Donna. »Schwächling! Du bist es nicht wert, dass ich mich aufrege. Her mit der Kohle!«

Adiaba griff in seinen Umhang und blätterte siebzig Öre auf den Tisch. Donna nahm das Geld und zählte nach. Dann lachte sie und rief: »Und jetzt raus mit dir!!«

5

Kaspar, der Luftikus

Zwolle war begeistert. Ein Haustier! Nein, kein Tier. Ein Wesen! Ein Luftikus! Vielseitig und klug. Zwolle konnte mit Kaspar spielen, lachen, reden, wirbeln. Nach Luft und Laune konnte Kaspar sich verwandeln. Ob Mücke oder Zebra, ob Affe oder Schwertfisch, ob Spatz, Antilope oder Wildschwein: Kaspar hatte alles drauf. Doch so gut Kaspar auch seine Form wandeln konnte, mit der Farbe gelang ihm dies nicht. Alle Tiere, die er darstellte, waren und blieben blau. Ein blaues Zebra, ein blaues Chamäleon, ein blauer Hund und eine blaue Ente.

Zwolle mochte es besonders gern, wenn Kaspar zum Pferd wurde, dann glitt er auf Kaspar durchs Luftloch und schlug sagenhafte Kapriolen. Wenn Kaspar Vogel oder Maus wurde, spielte Zwolle mit ihm Verstecken, und je kleiner Kaspar schrumpfte, umso schwieriger war es, ihn zu finden. Manchmal durfte Kaspar auch in ein ekelhaftes Wesen mutieren, zum Beispiel in eine langhaarige, wirbellose Windspinne, in eine zischende, giftzahnbesetzte Luftschlange oder in eine rasende Regenratte.

Am allerliebsten saß Zwolle neben Kaspar, wenn dieser seine eigentliche Gestalt annahm, ein kleiner, fluffiger Wolkenvogel, und wenn Zwolle dem Luftikus Löcher in den Wolkenbauch fragen und aufgeregt lauschen durfte, was Kaspar ihm erzählte. Kaspar brachte Zwolle alles bei, was er selber konnte: Rechnen, Schreiben, Lesen, Malen, Fremdsprachen und jede Menge Nahkampfarten wie Schattenboxen, Flug Fu und Sonnenkarate.

Zwolle sog begierig alles in sich auf. Er lernte schnell und gut. Es machte ihm großen Spaß. Was er nicht wusste: Adiaba hatte

Kaspar verboten, Zwolle von den Luftpiraten zu erzählen. Stattdessen sollte er eine Welt außerhalb des Luftlochs erfinden. »Aber wenn du auch nur ein einziges Mal erwähnst, dass ich Lehrer bin«, hatte Adiaba zu Kaspar gesagt, »oder dass Luftpiraten mit einem Jahr eingeschult werden, oder dass Luftpiraten eigentlich grimmige Gesellen sind, dann wirst du wieder in den Käfig gesteckt und ich bringe dich zurück zu Donna Brubu!«

Zwolle aber legte sich jeden Abend mit Vorfreude ins Bett. Vorfreude auf den neuen Tag: Morgens mit Kaspar. Nachmittags mit Kaspar und Adiaba. Ja, Zwolle genoss die Zeit im Luftloch, eine fröhliche, unbeschwerte Kindheit, ohne Streitigkeiten. Er war das glücklichste Luftpiratenkind der Welt. Auf diese Weise verstrich die Zeit wie im Flug: ein wunderschönes Jahr!

Ein paar Wochen vor Zwolles erstem Geburtstag bemerkte dieser etwas Nachdenkliches in Kaspars Blick, nachdem sie wieder einmal stundenlang das Verwandlungsspiel gespielt hatten.

»Was ist denn los mit dir?«, fragte Zwolle.

»Ich weiß nicht. Irgendwie ist das doch seltsam: Ich kann mich in so viele Tiere und Wesen verwandeln! Und dabei habe ich ganz vergessen, wer ich selbst eigentlich wirklich bin!«

»Du bist ein Luftikus!«

»Ja, aber was ist ein Luftikus?«

»Ein Wesen, das sich verwandeln kann?«

»Ja, und? Kennst du das Wort *herumkaspern*, Zwolle? Es bedeutet: wild herumzappeln, nicht still stehen … Deshalb hat man mich Kaspar genannt: weil ich ständig herumkaspere. Aber ist das alles? Wer bin ich eigentlich?«

Zwolle zuckte zusammen. Dieser Satz traf ihn wie ein Blitz! Denn im Grunde genommen wusste auch er, Zwolle, nicht im Geringsten, wer er eigentlich war. Sein Vater hatte nie ein großes Aufhebens darum gemacht. Und Zwolles Neugier war nie groß genug gewesen. Er hatte sich begnügt mit den munteren Kaspar-Spielen und mit seinem Dasein in jenem Luftloch, das war seine eigene, kleine Welt. Aber wer war er überhaupt? Und was war wirklich dort draußen? Und wohin ging sein Vater jeden Morgen? Und was lag dort unten, im Keller des Luftlochs, in den Zwolle nicht gehen durfte?

Zwolle beschloss, Adiaba zur Rede zu stellen. Am nächsten Nachmittag setzte er sich zu Adiaba auf die Luftpolster und fragte frank und frei heraus: »Wer bin ich eigentlich, Papa?«

»Bitte?«

»Wieso bin ich weiß und du grau?«

»Also …«

»Und wieso ist Kaspar blau? Wer sind wir? Und wer bist du?«

Adiaba zuckte zusammen. Er senkte den Blick und sagte: »Es

ist besser für dich, wenn du es nicht weißt, Zwolle. Es ist auch nicht wichtig. Lebe weiter fröhlich und unbesorgt. Du hast doch alles, was du brauchst. Hier, im Luftloch. Wer zu viel weiß, den bestraft der Regen.«

Doch Zwolle wollte sich nicht einfach so abspeisen lassen. Seine Fragen wurden in den nächsten Tagen immer drängender. Er ließ Adiaba keine Ruhe mehr. Adiaba versuchte alles, den Antworten auszuweichen. Er wiegelte ab, spielte den zornigen Vater, unterbrach Zwolle. »Schluss jetzt mit der Fragerei!«, rief Adiaba. »Ich weiß, was gut für dich ist. Du musst mir vertrauen!«

Aber Zwolle ließ nicht locker. Und fragte unermüdlich weiter. Ohne Erfolg. Bis Zwolle eines Tages die Nase voll hatte, sich in eine Ecke des Luftlochs setzte, die Flügelfüße im Schneidersitz, und zu Adiaba sagte: »Papa! Ich rede kein Wort mehr mit dir, solange du mir meine Fragen nicht beantwortest.«

Adiaba sah zum Luftikus. Kaspar zuckte mit den Wolkenschultern. Adiaba antwortete seinem Sohn nicht. Er ließ Zwolle abblitzen. Er dachte anfangs: Ach, nach ein, zwei Tagen wird Zwolle schon wieder vernünftig werden. Doch Zwolle hielt durch. Er beachtete Adiaba nicht mehr, egal, wie oft dieser sich an seinen Sohn wandte. Immerhin, der Kleine hatte schon irgendwie einen Dickkopf. Und von Tag zu Tag wurde Adiaba trauriger. Nicht mehr mit Zwolle zu reden, ihn zu knuddeln und mit ihm zu lachen, Pirat-ärgere-dich zu spielen oder einfach nur Zeit mit ihm zu verbringen, betrübte Adiaba zutiefst. Er merkte: Das würde er nicht lange aushalten können.

Adiaba dachte nach. Okay. Er würde seinem Sohn also Rede und Antwort stehen müssen. Was könnte er ihm mitteilen, ohne Zwolle in Gefahr zu bringen?

»Komm her«, sagte Adiaba eines Nachmittags. »Du hast gewonnen, Zwolle. Ich sage dir, was du wissen musst.«

Sofort hutzelte Zwolle heran. Er schmiegte sich in Adiabas Arme. Auch er hatte seinen Vater vermisst die letzten Tage über. Und war froh, dass er endlich wieder bei ihm sein konnte, mit ihm.

»Hör zu!«, sagte Adiaba und holte tief Luft.

Zwolle erfuhr jetzt einiges von dem, was Adiaba ihm bislang verheimlicht hatte. Von den Luftpiraten erfuhr er und von der Stadt Ätheria. Von den Hochöfen in den Luftlochkellern, mit denen die Luftpiraten Weißglut herstellen, um ihre Wut, ihren Zorn noch zu verstärken. Wobei Zwolle nicht so richtig verstand, was Wut und Zorn überhaupt bedeuteten. Denn dergleichen hatte er noch nie in seinem Leben verspürt. Von der Tätigkeit des Luftschöpfens erfuhr Zwolle und von den Piraten, die den Luftpiratenmüll einsammeln und auf der Müllhalde in Wetterleuchten verbrennen. Von den Dampfköchen erfuhr Zwolle, die alle Piraten mit Nahrung versorgen, mit Hochluftvögeln, Fliegenden Fischen und Wolkereiprodukten. Von Luftmaurern erfuhr er, die alle Luftlöcher von außen umschuffeln, um Löcher in den Löchern auszubessern, eine sehr heikle Aufgabe. Vom Kapitän der Stadt Ätheria erfuhr Zwolle, der allein im sogenannten Luftschiff hauste und herrschte und sich ständig allerhand Gesetze und Vorschriften ausdachte. »Ein mächtiger, aber finsterer Geselle«, sagte Adiaba, »er heißt Peer Dekret, weil er immer alles *per Dekret* entscheidet, und zwar allein.«

»Was heißt *per Dekret*?«

»Das bedeutet, dass jemand einfach etwas anordnet, also: befiehlt.«

»Und du?«, fragte Zwolle seinen Vater. »Was machst du?«

»Ich bin der Lehrer!«, sagte Adiaba. »Der einzige Lehrer hier, an der Johann-Sebastian-Krach-Schule.«

»Also gehst du jeden Morgen in die … Schule?«

»So ist es.«

»Was ist das eigentlich? Eine … Schule?«

Adiaba erklärte es ihm.

»Und wann darf ich endlich in die Schule?«, rief Zwolle.

Adiaba seufzte.

»Die Luftpiratenkinder werden per Luftpaketpost zugestellt. Immer jedes Jahr einmal. Und zwar exakt sechzehn Pakete. Immer am gleichen Tag. Daher sind alle sechzehn gleich alt. Und die Einschulung dieser sechzehn neuen Luftpiraten findet exakt am ersten Geburtstag statt.«

»Das ist schon in ein paar Tagen!«, jubelte Zwolle. »Dann werde ich … wie heißt das … eingeschult?!«

Doch Adiaba sagte traurig: »Das geht nicht.«

»Warum nicht?«

»Weißt du, etwas habe ich dir bislang verschwiegen, Zwolle: Du bist ein ganz besonderer Luftpirat. Einmalig! Du musst wissen: Alle anderen Luftpiraten sind von Natur aus grau.«

Zwolle blickte an sich hinab. »Aber ich bin weiß!«, rief er.

»Eben!«, sagte Adiaba. »Außerdem haben alle Luftpiraten immer schlechte Laune. Du dagegen bist die Freundlichkeit in Person! Und deshalb musst du hierbleiben. Ein Weißer Luftpirat, der immerzu freundlich ist: Man würde dich ärgern, hänseln, verstoßen, die anderen würden dich nicht dulden.«

Dass man Zwolle sogar töten würde, verschwieg Adiaba. Er hatte Angst. Angst um Zwolle. Wenn er das Luftloch verlässt, dachte er, wenn man ihn sieht, so wird man herausfinden, dass er ein Blinder Passagier ist. Ein Weißer Luftpirat. Man wird es Peer Dekret melden. Ich werde zu lebenslanger Haft im Tafelberg-Gefängnis verurteilt. Zwolle zum Tod. Nein, dachte Adiaba, Zwolle muss auf ewig hier im Luftloch bleiben.

Aber von all diesen Dingen sagte er Zwolle nichts. Adiaba brachte es einfach nicht übers Herz.

»Das ist mir egal!«, rief Zwolle. »Das macht mir nichts aus. Ich möchte mal raus hier. Ich will in die Schule.«

»Nein«, sagte Adiaba, »es geht nicht. Außerdem kannst du doch schon alles. Lesen, Schreiben, Rech… Und in der Schule lernt man nur unnütze Dinge!«, rief Adiaba. »Streiten, Brüllen, Blitzen!«

»Blitzen? Ich will auch blitzen!«

»Das geht nicht. Dein Auge. Dein rechtes Auge. Da glimmt kein Funke. Du wirst niemals blitzen können.«

»Woher willst du das wissen?!«, rief Zwolle und sah Adiaba herausfordernd an. Es war das erste Mal in seinem Leben, dass er seinem Vater heftig widersprach.

»Schluss!«, rief Adiaba, lauter als sonst, so laut wie noch nie zuvor Zwolle gegenüber, so groß war seine Angst, Zwolle in Gefahr zu bringen. »Ich habe dir alles gesagt, was du wissen musst! Ich kann dich nicht mit in die Schule nehmen! Du bleibst hier. Damit Ende! Aus! Schluss! Basta! Zum Donnerwetter!« Er ließ seinen Sohn sitzen und beschäftigte sich mit irgendetwas, das wichtig aussehen sollte.

Zwolle dagegen fühlte in sich drinnen etwas wachsen, was er nicht kannte. Wie ein Wurm kroch es durch seinen Bauch. War das etwa die berühmte Wut? Nein. Zwolle hutzelte in eine Ecke des Luftlochs und schmollte. Und dabei kam ihm eine, wie er fand, wunderbare Idee.

Ein paar Tage später, in der Nacht vor der Einschulung, also in der Nacht vor Zwolles erstem Geburtstag, ging es schon los: Zwolle lag hellwach im Bett. Er wartete, bis sein Vater und Kaspar friedlich schnarchten. Dann stand er auf und stopfte ein paar alte Luftkissen unter seine Decke. Das sah von außen ganz so aus, als würde er noch im Bett liegen. Er schuffelte zu Vaters Umhang, der über einem Sturmstuhl hing. Zwolle stibitzte den großen Schlüssel aus der Tasche, hutzelte zur Kellertür, schloss sie leise auf, kehrte zurück und steckte den Schlüssel zurück in den Umhang.

Nun surfte er, so leise es ging, an den Wänden des Luftlochs vorbei und strich mit einem dicken Schwamm Luftfeuchtigkeit ein. Die gab er in eine Schüssel. Jetzt begann der schwierigste Teil. Zwolle sammelte Staub. Luftstaub. Kleine graue Luftstaubmäuse, die überall herumlagen, und er rührte den Staub in die Schüssel mit der Luftfeuchtigkeit. So entstand eine staubgraue, klebrige, zähe Pampe. Zwolle hatte keine Ahnung, ob sein Plan klappte, aber er versuchte es und schminkte sich: sein Gesicht, seine Arme, den Hals, all das, was nicht vom grauen Umhang und der Windhose verdeckt wurde. Zwolles weiße Haut färbte sich luftpiratengrau. Jetzt sehe ich aus wie ein echter Luftpirat, dachte Zwolle. Zum Schluss zog er noch lange, graue Handschuhe an. Dann hutzelte er Richtung Keller. Zur verbotenen Tür. Durch die sein Vater jeden Morgen verschwand. In die Schule, wie Zwolle jetzt wusste. Zum ersten Mal in seinem Leben öffnete Zwolle die schwere Kellertür.

Es roch staubig, feucht und nach kalter Asche da unten. Zwolle blickte in einen dämmrigen Abgrund. Kaum Licht, nur ein einziges Glühbirnchen funzelte gelb. Zwolle schloss die Kellertür hinter sich, surfte gut vier Meter hinab und landete auf dem Boden. Unten fiel sein Blick zunächst auf einen Ofen. Das musste der Hochofen sein, von dem Adiaba ihm kürzlich erzählt hatte. Der Hochofen hier unten erweckte den Eindruck, schon lange nicht mehr benutzt worden zu sein. Daneben standen einige Stäbe und Stangen und Platten aus hartem Material. Kisten überall. Es tröpfelte leicht von der Decke.

Zwolle schuffelte durch den Keller, in dem auch Nahrungsmittel und Flaschen lagerten, dazu Kram, den Adiaba gerade nicht brauchte. Und da! Was war das? Ein schwarzer Vorhang. Ein schwerer Samtvorhang! Zwolle schob ihn zurück: Das war die Öffnung hinaus! In die unterluftigen Gänge. Ins Labyrinth! Ohne Tür, einfach so, direkt vom Keller, nur durch den Vorhang getrennt.

Zwolle schluckte, dann flog er ein wenig in den Gang hinein. Nach ein paar Metern erreichte er eine Kreuzung. Drei Schächte: Sie führten nach rechts, nach links und geradeaus.

Zwolle schwebte nach rechts. Das also, dachte er, sind die berühmten Luftschächte! Luftgänge, die in die Stadt Ätheria führen oder in die Schule! Oder zu Peer Dekret ins Luftschiff! Oder zu den anderen Luftlöchern. Die Gänge waren etwa zwei Meter breit und vier Meter hoch. An den Decken glimmten schwache Lichter.

Zwolles Herz schlug jetzt wild, als er weiterschuffelte und bald auf neue Abzweigungen traf. Plötzlich hörte er ein kräftiges, hässliches Bellen aus einem der Gänge. Er zuckte zusammen und kehrte sofort zurück in den Keller seines Vaters. Dort suchte Zwolle nach einem guten Versteck. Er fand es im Hochofen.

Hier drinnen wird Papa mich mit Sicherheit nicht suchen, dachte er. Jetzt hieß es: warten!

6

Am Tag der Abschussprüfung

Die Einschulung fand genau einmal im Jahr statt, am selben Tag wie die Abschussprüfung. Die neuen Schüler wurden eingeschult, und die alten gleichzeitig entlassen. Aber nur, wenn sie die Abschussprüfung bestanden. Dazu mussten sie aus einer Entfernung von etwa zwanzig Metern per Blitzschlag eine Büchse aus einem Regal abschießen. Gelang es beim ersten Schuss, erhielten sie eine eins, beim zweiten eine zwei und so weiter, bis hin zur Note neun. Wenn einer zehnmal verfehlte, musste er zur Strafe so lange durch die Gänge hutzeln, bis er Luftblasen an den Flügelfüßen hatte. Davor graute allen Kindern.

Natürlich durften die Luftpiraten-Elternteile an diesem großen Tag nicht fehlen. Doch weil Luftpiraten sich untereinander immer streiten und weil es eine heikle Angelegenheit ist, so viele Luftpiraten an einem Ort zu versammeln, hatte Kapitän Peer Dekret angeordnet, die Abschussprüfung *gleichzeitig* zur Einschulung stattfinden zu lassen. Auf diese Weise schlug man zwei Fliegen mit einer Klappe: Es gab nur eine einzige Zusammenkunft der rauen Luftpiraten, nur einen einzigen Vormittag, den sie irgendwie miteinander überstehen mussten. Damit die Luftpiraten nicht gleich alle an die Decke gingen, mussten sie vor dem Treffen eine ganze Woche lang auf ihren geliebten Wutschnauberich verzichten und haufenweise Beruhigungspillen schlucken.

Adiaba stand auf. Er schaute zu Zwolles Bett. Der schlief zum Glück noch, ganz unter seine Decken gemümmelt. Heute war Einschulung und Abschussprüfung. Adiaba seufzte. Er dachte an seinen ersten Streit mit Zwolle vor ein paar Tagen. An Zwolles Wunsch, ihn begleiten zu dürfen. Zur Einschulung. Zwolle tat ihm leid. Adiaba verstand seinen Sohn, aber es war das Beste für Zwolle, wenn niemand mitbekam, dass er überhaupt existierte. Adiaba beruhigte sich mit dem Gedanken, dass der Streit zwischen ihm und Zwolle nötig gewesen war, um seinen Sohn zu beschützen. Ein sinnvoller Streit. Eine lebenswichtige Grenze, die er gesetzt hatte. Adiaba nahm den Schlüssel und wollte die Kellertür aufsperren, da merkte er, dass er die Tür wohl gar nicht abgeschlossen hatte.

»Das ist mir noch nie passiert!«, grummelte Adiaba zu sich selbst. »Du wirst alt, Adiaba!« Er verriegelte die Tür hinter sich, surfte hinunter und dann durch die Gänge Richtung Schule.

Adiaba war als Erster dort und bereitete den Schulraum vor, machte ein bisschen mehr Licht, stellte Büchsen in die Regale, schleppte Stühle aus dem Nebenraum und beklebte den Boden mit Markierungen.

Dann wartete er.

Als die Luftpiraten mit ihren Kindern aufkreuzten, gab es nicht mal Gedränge, so riesig war der Schulraum. Die Luftpiraten trugen allesamt ihre grauen Umhänge, fest verschnürt, dazu Schlapphüte und Augenklappen über dem rechten Auge. Sie hielten ihre Kinder nicht bei der Hand, denn Luftpiraten finden es überflüssig, Kinder an der Hand zu halten: Kinder müssen so früh wie möglich flügge werden, sagen sie, selbstständig, auf ihren eigenen Flügelfüßen stehen und von selber schweben. Adiaba hatte sein Überhörgerät an diesem Tag abgenommen. Ein friedliches Murmeln drang an seine Ohren. Alle Luftpiraten hatten brav ihre Beruhigungspillen geschluckt. Und waren überaus gut gelaunt für ihre Verhältnisse.

»Ach, so ein Tag!«, flötete ein ruhiggestellter Luftpirat.

»Dass der Kleine schon so alt ist …«, murmelte eine Piratin.

»Mensch, diese Beruhigungspillen sind schon der Hammer, ich fühl mich wie eine fette Luftpumpe …«

»Heidiheida … Total zugedröhnt, Alter!«

Die Luftpiraten fläzten sich auf die Stühle. Sie wussten, was kam. Die langweilige Begrüßungsrede Adiabas. Sie stellten ihre

Ohren auf Durchzug. Anschließend durften die alten, zweijährigen Schüler – einer nach dem anderen – endlich zeigen, was sie gelernt hatten.

Adiabas bester Blitzer, der junge Bludo, Sohn eines fetten Luftpiraten namens Garrak, trat als Erster zur Markierung, schob die Augenklappe hoch, ein Blitz zuckte aus seinem rechten Auge und schlug in eine der Büchsen ein. Die Büchse polterte schwarz dampfend vom Regal.

Adiaba applaudierte, die Anwesenden johlten. Der Vater Garrak trat nach vorn und setzte Bludo den ersten Schlapphut seines Lebens auf, während die übrigen Luftpiraten brüllten: »Blitz! Gescheit!«

Das Ritual wiederholte sich.

Zwei Einsen, drei Vieren, eine Sechs, zwei Achten, vier Neunen.

Und drei Schüler fielen durch.

Versagte einer auch beim zehnten Versuch, brummelten die Luftpiraten ein »Iiiiih« und riefen: »Blitz! Gescheitert!« Danach sangen sie gehässig: »Ach, da ist noch Luft nach o-ho-ben!«

Alles in allem eine magere Bilanz, dachte Adiaba.

Nachdem die Abschussprüfung beendet war, traten die neuen Luftpiratenkinder nach vorn, bereit zur Einschulung. Sie waren allesamt – wie Zwolle – exakt ein Jahr alt und hatten lange auf diesen Tag gewartet. Sechzehn Schüler mussten es sein. Wie in jedem Jahr. Leider, dachte Adiaba, sind es diesmal nur fünfzehn! Ohne meinen Zwolle! Er seufzte. Seine Hoffnung, dass keiner das fehlende sechzehnte Kind bemerken würde, war nicht sehr groß.

Und tatsächlich rief ausgerechnet seine Nachbarin Donna Brubu, die Inhaberin der Lufttierhandlung, ein lautes »He!« in den Raum. Ihr schienen die Beruhigungspillen nicht viel ausgemacht zu haben. Es qualmte aus ihren Ohren. »Das sind doch nur fünfzehn!«

Adiaba schluckte.

»Es müssen aber sechzehn sein!«, rief Donna. »Jedes Jahr. Es sind jedes Jahr immer sechzehn. Wir sind doch nicht blöd. Das ist per Dekret so festgelegt worden. Von Peer Dekret! Jedes Jahr werden sechzehn Kinder verschickt! Wo ist das fehlende Kind? Adiaba?«

Adiaba schwieg. Er kratzte sich. Er hatte sich natürlich ganz genau zurechtgelegt, wie er jetzt die anderen täuschen wollte: Er wollte vom Weißen Luftpiraten erzählen, einem Blindgänger, vom sechzehnten Kind, das er, Adiaba, angeblich getötet hatte, ertränkt, gemäß Vorschrift. Er war bereit, sie alle anzulügen.

Schon holte er Luft, als etwas Unglaubliches geschah.

Die Tür des Schulschranks öffnete sich.

Und heraus trat – das sechzehnte Luftpiratenkind.

Wie von Geisterhand.

Und das war Zwolle.

Adiaba starrte ihn an.

Und Zwolle?

Der schien so richtig wütend zu sein.

Zum ersten Mal in seinem Leben.

Zwolle war am Morgen seinem Vater vom Keller aus gefolgt. Unauffällig. Immer hinter ihm her. In einigem Abstand. Jede Menge Luftschächte kreuzten ihren Weg. Endlich erreichte Adiaba sein Ziel. Zwolle folgte gut verborgen. Das also war sie, die Schule, der Schulraum. Riesig. An der Decke hingen Kronleuchter. An der seitlichen Wand stand ein Schrank. Der Duft von Räucherstäbchen hing in der Luft.

Zwolle hielt sich versteckt. Er wollte nur beobachten. Herausfinden, ob die Luftpiraten wirklich so grimmig waren, wie Adiaba sie beschrieben hatte. Er war aufgeregt wie noch nie in seinem Leben. Und als Adiaba im Nebenraum verschwand, um neue Stühle für die Eltern herbeizuschleppen, schlüpfte Zwolle in den Schrank. Durch das Schlüsselloch hatte er einen guten Blick auf alles, was jetzt geschah.

Nach einiger Zeit tauchten die Luftpiratenkinder auf. Mit ihren Elternteilen. Aus allen möglichen Gängen. Als Zwolle die Piraten mit ihren Eltern sah, wurde er – das nannte man wohl – *traurig*. Luftpiraten sah er, so jung wie er selbst. Aber grauhäutig. Mit ihren Einzel-Eltern im Schlepptau, die irgendwie beseelt lächelten. So ganz anders, als Zwolle sich die wütenden Piraten vorgestellt hatte.

Nur ich bin allein!, dachte Zwolle. Ohne meinen Vater! Ob er sich schämt? Für mich? Bin ich so ein Scheusal? Was sollen mir die Luftpiraten schon tun? Ja, ich bin weiß, aber heute habe ich mich grau angemalt! Heute sehe ich so aus wie alle anderen!

Zwolle beobachtete vom Schrank aus alles, was im Schulraum vor sich ging. Er wurde Zeuge der Abschussprüfung. Das Blitzen. Das Fallen der Büchsen. Und nach der Abschussprüfung hörte Zwolle, wie sich eine violetthaarige Luftpiratin mit zornzerfurchter Stirn zu Wort meldete, ihre Stimme dröhnte tief durch den Raum: »Einer fehlt!«, rief die Luftpiratin.

Ja, dachte Zwolle.

Einer fehlt!

Und das bin ich!

Ich fehle!

Ihm zitterten die Knie.

Und in Zwolle wuchs etwas heran. Ein Keim ging auf. Er spürte ein Bohren und Nagen. War das jetzt Wut? Ehrliche, echte Wut? Jedenfalls tat Zwolle nun etwas, das er ohne dieses Gefühl wohl nie getan hätte: Er hutzelte aus dem Schrank hinaus! Er wusste noch nicht: Das, was er spürte, war keine Wut, sondern Empörung.

Adiaba erbleichte.

Zwolle kam aus dem Schrank!

Zwolle!

Mit grau geschminktem Gesicht!

Mit grauen Handschuhen!

Adiaba dachte, die anderen Luftpiraten würden diese miese Tarnung sofort durchschauen.

Sein Sohn surfte zu ihm und rief: »Hier bin ich, Vater! Zwolle! Dein Sohn! Ich bin jetzt ein Jahr alt! Ich will in die Schule, zu den anderen! Ich will all das lernen, was alle anderen auch lernen!«

Die Luftpiraten johlten.

»Das ist *dein* Sohn?«, rief Donna. »Mensch, was für ein Auftritt! Der ist reif für die Schule!!« Sie hutzelte zu Zwolle und gab ihm eine schmerzhafte Kopfnuss. Denn das war es, was die Schulanfänger bekamen: eine Kopfnuss.

Zur Belohnung.

Es überraschte Adiaba, dass keiner der Piraten Verdacht schöpfte. Zwolle setzte sich auf einen Stuhl. Und Adiaba atmete durch. Er musste jetzt die Aufmerksamkeit der anderen von Zwolle ablenken.

»Mein Sohn Zwolle hat sich ja schon vorgestellt!«, rief Adiaba. »Jetzt sind die anderen dran!«

Die Einschulung erreichte jedes Jahr ihren Höhepunkt, wenn die Neuen ihre Namen nannten und eröffneten, was sie schon konnten und was sie von der Schule erwarteten, und sich anschließend bei einem der Luftpiraten eine Kopfnuss abholten.

»Mein Name ist Ina!«, rief ein Luftpiratenmädchen. »Ich kann mit meinem Blitzauge schwarze Herzchen in den Boden brennen. Ich will lernen, wie man mit einem Blitz Luftschlangen grillt!«

Applaus. Harte Kopfnuss vom Luftpiraten Poorga.

»Mein Name ist Hänk!«, schrie ein Luftpiratenjunge. »Ich kann Glas zu Bruch schreien. Ich will so laut brüllen lernen, dass mir selber die Ohren vom Kopf fliegen.«

Tosender Applaus. Härtere Kopfnuss vom Luftpiraten Zonda.

»Mein Name ist Stänk …«

»Hohoho!«, lachten die Luftpiraten. »Hänk und Stänk! Na, super! Was für Namen!«

»Leute!«, brüllte Adiaba.

Die Luftpiraten aber riefen: »Hänk und Stänk! Honk und Stonk! Hunk und Stunk! Hink und Stink!! Hohoho!«

Adiaba verteilte Beruhigungstee, und die Luftpiraten erholten sich langsam von ihrem hässlichen Lachanfall.

Die Vorstellung der Kinder ging noch eine Weile so weiter.

Ganz am Schluss kam endlich die kleine Franka dran. Tochter der Stänkerin Donna Brubu.

Adiaba erinnerte sich: Donna hatte von Franka erzählt, als Adiaba in der Lufttierhandlung Kaspar gekauft hatte. Da hatte Donna ihm von Franka vorgeschwärmt. Schon damals hatte Franka blitzen können. Hatte Donna behauptet. Mit zwei Monaten! Angeblich. Na ja, mal schauen, was dieses Mädchen so draufhatte!

Franka Brubu trat jetzt vor, ihr linkes Auge sprühte tiefrot, sie schien an die Decke zu gehen, ihre Tobsucht war förmlich mit Händen zu greifen. Ihre violetten Haare glühten beinahe. »Ich bin Franka!«, donnerte sie. »Die Tochter von Donna Brubu, der größten lebenden Luftpiratin aller Zeiten. Aber ich selber werde meine Mutter locker in den Schatten stellen. Ich werde alle Luftpiraten, die es je gab, locker in den Schatten stellen! Ihr seid alles arme Wichte, ich werd es euch zeigen. Ich glaub nicht, dass es noch viel gibt, was ich hier lernen kann. Schon gar nicht von diesem miesen Schulmeister da vorne. Ich muss nur noch wachsen, damit ich alles, was ich schon kann, noch lauter und leuchtender und wilder und grausamer können werde.«

Alle jubelten.

»Und du?«, fuhr Franka fort und wandte sich an Zwolle. »Du glaubst, du kannst hier mit Pauken und Trompeten auftreten? Warte ab! Ich bin hier die Nummer eins! Gegen mich hast du keine Chance, Kleiner! Wenn ich mit dir fertig bin, bist du nur noch ein mickriges Krümelwürmchen.«

Es folgte ein donnernder Applaus für so viel Frechheit, Wut und Arroganz und die allerhärteste Kopfnuss eines Piraten, woraufhin Franka vor Schmerz laut aufschrie, dann aber rief: »Ist das alles??!!«

Die Luftpiraten brüllten jetzt wild durcheinander. Sie schienen langsam aus ihrem Tran zu erwachen, Frankas Worte hatten einen anregenden Einfluss auf ihre Gehirne. Ehe aber Chaos hätte ausbrechen können, rief Adiaba, Prüfung und Einschulung seien beendet und jeder müsse in sein Luftloch zurück. Grummelnd verzogen sich die Luftpiraten, indem sie sich gegenseitig zuraunten: »Wart ab, wenn ich dich draußen erwische!« Oder: »Treffen wir uns morgen um sieben auf Wolke acht?«

Zwolle aber blickte mit offenem Mund zu Franka. So jemanden wie Franka hatte er noch nie gesehen. Solch eine unbändige Energie, so ein Sprühen des Auges, so eine raue, laute, harzige Stimme! Und diese Haare! Sie waren violett wie ihr Auge, und Frankas grauer Kopf war bei ihrem Anfall ebenfalls violett angelaufen, und dieses Violett leuchtete noch lange im Raum.

»Was glotzt du so?«, fragte Franka. »Noch nie ’ne Luftpiratin gesehen?« Franka blickte Zwolle scharf an. Und Zwolle bekam es mit der Angst zu tun. Oder war das etwas ganz anderes als Angst? Aber was?

Er konnte diesem Blick einfach nicht standhalten. Er wollte etwas sagen, wusste aber nicht, was. Die Worte blieben ihm im Hals kleben. Er senkte das Auge. Vielleicht war alles ein Fehler gewesen? Hier einfach so aufzutauchen? Vielleicht hatte sein Vater recht? Vielleicht wäre es besser, sofort wieder zu verschwinden? Ins Luftloch? Wo alles friedlich, still und harmonisch war?

Zwolle dachte keine Sekunde lang nach über das, was er jetzt tat. Es war ein Impuls. Ein Reflex. Er konnte einfach nicht anders: Er floh. Im allgemeinen Durcheinander fiel es den anderen Luftpiraten gar nicht auf. Ja, Zwolle floh aus der Schule! Er schuffelte einfach los. Irgendwohin. Hauptsache: weg von hier!

7

Das Luftschiff von Peer Dekret

Auf dem Hinweg war Zwolle seinem Vater gefolgt. Jetzt aber achtete er gar nicht darauf, wohin er hutzelte. Überall zweigten Gänge ab. Zwolle hielt nicht an. Irgendwann kam er an den Eingang eines Kellers. Das war aber nicht Adiabas Keller, sondern der Keller zu einem anderen Luftloch. Zwolle surfte weiter. Nach einiger Zeit begriff er, dass er sich rettungslos verirrt hatte.

Da gelangte Zwolle an einen Luftschacht, der schnurgerade ins Dunkle führte. Aber nicht etwa nach unten, sondern nach oben! Neugierig surfte Zwolle die ersten Meter hoch. Die Röhre ging höher hinauf, als er gedacht hatte. Kein Ende der Dunkelheit in Sicht. Tiefes Schwarz schluckte das Licht. Zwolle wurde schwindlig, als er hochblickte. Dieser Schwindel wirkte wie ein Strudel, der ihn immer höher zog. Nach einigen Minuten stieß er mit dem Kopf an eine Decke. Vor seiner Nase erblickte er einen Gang. Wie von der Schnur gezogen surfte Zwolle diesen Gang entlang und erreichte ein schwarzes Tor. Über dem Torbogen stand in verschnörkelten Lettern:

Zum Luftschiff

Hier lebt Peer Dekret
Luftpiratenkapitän
Einziges Mitglied des Luftpiratenverwaltungsrates
Tritt ein, Potzblitz!

Zwolle griff zur Klinke und drückte sie hinunter. Das Tor war offen. Er spickte hinein und wich geblendet zurück. Wie grell! Er kniff das Auge zusammen. Ein weiter, länglicher, schiffartiger Saal, doppelt so hoch wie die Schule. Die Wände aus durchsichtigem Material, das Zwolle noch nie gesehen hatte. Das mussten … Wie hieß das noch? Statt Luftmauern, statt Luftschutzbunker und Luftlochkeller erblickte Zwolle zum ersten Mal in seinem Leben … genau! … Fenster waren das, Fenster aus purem Glas, die einen Blick nach draußen freigaben, an die Frische-Luft. Das musste das Sonnenlicht sein!

Ohne sich im Raum umzuschauen, eilte er sofort zu den Fenstern. Und konnte sich nicht sattsehen. Hochluft-Vögel, die draußen schwalbten, Verwirbelungen, Strömungstäler, Landschaften, alles zitterte im herrlichsten Gelb. Warum mochten die Luftpiraten kein Sonnenlicht? Dieses Licht war das Schönste, was Zwolle je gesehen hatte! Das Wunderbarste, das man sich vorstellen konnte! Zwolle stand dort, mit den Händen und der Nase ans Fenster gepresst. Und er wusste: Da will ich hin! Ins Freie! Hinaus!

Auf einmal schwebte etwas Merkwürdiges draußen vorbei, eine Kette von Buchstaben, die sich an den Händen hielten. Und Zwolle sah: Die Buchstaben waren kleine, lebende Wesen, die ihm zuwinkten. Sie tanzten und machten allerhand Verrenkungen. Das O war ein Speckbauch ohne Hals, das I ein dürrer Hering, das S ein Schlangenwesen, das M kippte ständig und schien sich nicht entscheiden zu können, ob es ein M oder ein W sein wollte.

Zwolle war so gebannt von dem, was er sah, dass er nicht merkte, wie sich ein Schatten hinter ihm aufbaute. Erst, als er eine Stimme in seinem Rücken hörte, fuhr er herum: Hinter ihm stand ein großer, dunkler Luftpirat. Mächtiger noch als Adiaba. Graues Gesicht, graue Hände wie alle anderen Luftpiraten, aber er trug keinen grauen, sondern einen nachtblauen Umhang und einen Schlapphut von gleicher Farbe sowie eine dunkle Brille über Auge und Augenklappe.

»Das ist ein Geflügeltes Wort«, sagte der Luftpirat leise und deutete auf die Buchstabenkette. »Davon gibt's viele am Himmel.« Der Luftpirat sah wie verloren über Zwolle hinweg durchs Fenster auf die Welt dort draußen, und sagte: »Lies mal.«

Zwolle drehte sich wieder zum Fenster und las laut: »DER FRUEHE VOGEL FAENGT DEN STURM.«

Das Geflügelte Wort zwitscherte davon.

Die Buchstaben winkten ihm.

»Du kannst schon lesen?«, fragte der Luftpirat.

»Na klar, mein Freund Kaspar, das heißt …«, Zwolle verstummte.

»Schön, da draußen, was?«, fragte der Luftpirat.

»Ja!«, antwortete Zwolle.

»Und blendet das gar nicht?«, fragte der Luftpirat.

»Was denn?«

»Das Hinausschauen. In die Sonne!«

»Nein. Wieso?«

»Interessant«, sagte der Luftpirat und deutete auf seine Sonnenbrille. »Ich brauch immer eine Brille hier drinnen.«

»Ehrlich?«

»Mhm. Sag, möchtest du da mal hin?«

»Nach draußen? Darf ich das denn?«

»Keine Ahnung. Was denkst du?«

»Mein Vater hat mich nie rausgelassen«, sagte Zwolle.

»Nie?«

»Nein.«

»Wie heißt denn dein Vater?«

Zwolle schaute dem Luftpiraten ins Gesicht. Er glaubte, etwas Lauerndes zu erkennen, doch der Luftpirat fügte rasch hinzu: »Ach was, nicht so wichtig, Junge, setz dich doch, hierher, bitte!«

Der Raum war völlig leer, bis auf einen riesigen Tisch in der Mitte. Hinterm Tisch stand ein Sessel, davor ein Stuhl. Der Luftpirat drückte Zwolle auf diesen Stuhl, schuffelte um den Schreibtisch herum, setzte sich in den Sessel und legte die Hände auf den Tisch. Der Luftpirat beugte sich ein wenig zu Zwolle hinüber und fragte freundlich: »Magst du was trinken?«

»Nein, danke«, sagte Zwolle. »Ich hab keinen Durst.«

»Kondenswasser mit Zitrone? Regenplörre? Geschmolzener Hagelsaft? Wolkenkakao?«

»Nein, danke!«

»Wie du willst!«, sagte der Luftpirat und lehnte sich zurück.

Dann schwieg er. Schaute zur Seite. Als wolle er Zwolle Zeit geben, ihn ganz genau zu betrachten.

»Wer sind Sie?«, fragte Zwolle.

»Ich?«, sagte der Luftpirat. »Steht doch draußen am Tor. Ich bin der Kapitän. Mein Name ist Peer Dekret.«

»*Sie* sind das?!«

»Ja, ich bin das. Jede Luftstadt hat ihren Kapitän. Der Kapitän ist zugleich LPVRV.«

»Was?«

»Luftpiratenverwaltungsratsvorsitzender.«

Zwolle verstand dieses Wort nicht, blieb aber still.

»Ich hocke hier«, fuhr Peer Dekret fort, »in meinem Luftschiff und erarbeite ständig neue Vorschläge, Entwürfe und Anträge für alle möglichen Richtlinien, Gesetze und Anordnungen. Ich bin nicht nur der Vorsitzende des Verwaltungsrats, also der Chef, nein, ich bin auch das einzige Mitglied des Verwaltungsrats. Weil ich aber das einzige Mitglied des Verwaltungsrats bin, muss ich mit mir selber streiten und diskutieren. Die Abstimmungen über die Anträge enden immer mit einer absoluten Mehrheit.«

»Und was heißt das?«

»Das heißt: Peer Dekret entscheidet immer.« Peer lachte kurz. Dann nahm er seinen Hut ab.

Und Zwolle staunte.

Diese Haare!

Gar nicht so wüst wie die Haare der übrigen Luftpiraten. Nein: Zwolle hatte den Eindruck, als läge jedes einzelne Haar an einem eigens dafür eingerichteten Platz.

»Ich hatte Sie mir ganz anders vorgestellt«, sagte Zwolle.

»So? Wie denn?«

»Noch größer, mächtiger, Furcht einflößender.«

»Wer sagt denn so was?«

»Mein Vater. Der muss es wissen. Er ist Lehrer.«

»Ach, Adiaba! Aha!« Kurz funkelte Peers Auge. »Soso.«

Und Zwolle hatte das Gefühl, jemanden verraten zu haben.

»Willst du nicht deinen Umhang ausziehen?«, fragte Peer.

»Nein!«, rief Zwolle, etwas lauter als nötig. Er wusste, dass er Verdacht erregen würde, wenn sein weißer Körper im Raum schimmerte. Er fragte sich, ob die Schminke auf seinen Wangen überhaupt noch hielt. Und dachte plötzlich: Was mach ich hier? Ich muss zurück. Irgendwas stimmt nicht. Irgendwas ist falsch.

»Sag mal, wie alt bist du denn?«, fragte Peer.

»Ein Jahr. Seit heute. Ich habe ...«

»Dann bist du vorhin erst eingeschult worden?«

»Ja.«

»Meinen Glückwunsch ... eh ...«

»Zwolle.«

»Zwolle?«

Peer zuckte zusammen. Er hob eine Hand an den Mund, als wolle er zwischen den Zähnen steckende Essensreste entfernen. Dabei zischelte er etwas.

»Bitte?«, fragte Zwolle.

»Nichts, nichts«, sagte Peer Dekret. Er lächelte wieder, aber das wirkte auf einmal so bemüht, erzwungen und verkrampft, dass es Zwolle unwohl wurde. »Wenn du heute bei der Einschulung warst, dann hast du morgen deinen ersten richtigen Schultag?«, fragte Peer.

»Ja.«

»Und freust du dich darauf?«

»Sehr!«

»Gut, gut. Und? Wie war denn heute der Festakt?«

»Schön«, sagte Zwolle.

»Haben viele Schüler die Abschussprüfung bestanden?«

»Ja, ich glaube dreizehn.«

»Drei sind durchgefallen?«

»Ja.«

»Und die Luftpiraten? Alles friedlich verlaufen?«

»Ja.«

»Die nehmen Beruhigungspillen vorher«, sagte Peer Dekret und nickte Zwolle zu. Dann wurde er plötzlich ernst und sagte: »Du hast doch nicht etwa auch Beruhigungspillen genommen?«

»Was? Nein!«, sagte Zwolle automatisch und wusste nicht, ob das die richtige oder die falsche Antwort war. Er fühlte sich plötzlich entsetzlich fehl am Platz. Er spürte, wie die Atmosphäre immer breiiger wurde im Luftschiff. »Entschuldigen Sie«, sagte Zwolle, »aber mein Vater wartet auf mich!« Ein Tropfen Schminke lief ihm die Wange hinab, schien am Kinn kurz anzuhalten, blubbte dann auf den Tisch. Zwolle zwang sich dazu, nicht hinzusehen. Er sprang auf. »Vielen Dank für alles!«, rief er. »Auf Wiedersehen!« Ohne ein weiteres Wort surfte er hinaus. Noch auf dem Weg zum Tor dachte er, dass Peer hinterherhutzeln würde, um ihn aufzuhalten.

Aber nichts geschah.

Peer Dekret ließ ihn einfach gehen.

Was Zwolle jedoch nicht mehr sah: Kaum war er aus dem Luftschiff verschwunden, schuffelte Peer um den Tisch herum, wischte mit dem Zeigefinger Zwolles Tropfen Schminke auf und besah ihn sich ganz genau. Peers Züge verzerrten sich, so, als wäre das Gesicht, das er Zwolle gezeigt hatte, nur eine Maske gewesen, die jetzt langsam abbröckelte. Es brodelte, als wuselten unter der Haut tausend Würmer, die nach draußen drängten. Endlich stieß Peer einen Schrei aus, in seine Stirn bohrte sich eine tiefe Furche, er ballte die Fäuste und donnerte: »Adiaba! Teufel! Was verheimlichst du mir?«

8

Zwolle erfährt, wer er ist

Zwolle hutzelte auf seinen Flügelfüßchen die Luftröhre nach unten und surfte durch die Gänge, irrte umher und hatte nicht den Hauch einer Ahnung, wo er sich befand. Und wo er hinmusste. Irgendwann sah er am Ende eines Ganges Licht. Er vernahm Geräusche aus dieser Richtung, ein Brodeln und Murmeln. Zwolle schuffelte hin. Der Gang führte auf einen großen Platz. Aber dieser Platz lag nicht unter freiem Himmel, sondern unterirdisch, also unterluftig, es gab eine immens hohe Decke und eine künstliche Beleuchtung, kein einziges Fenster nach draußen, alles war schummrig und wirkte ein wenig unheimlich. Auf dem Platz stand ein Schild:

ÄTHERIA
Hauptstadt der Republik Firmament
Nur für schlecht gelaunte Luftpiraten
Tritt ein, wenn du zornig bist

Zwolle surfte über den großen, freien, beleuchteten Platz und dann immer weiter: die Wege und Straßen entlang, an hohen und niedrigen Gebäuden vorbei. Einige Luftpiraten tummelten sich dort. Wenn sich zwei begegneten, fluchten sie und konnten nicht aneinander vorbei, ohne sich anzuplärren. Oder anzurempeln. Satzfetzen schwebten an Zwolles Ohren.

»Was machst du hier?«

»Hast du kein Zuhause?«

»Geh mir aus dem Weg, sonst hagelt's!«

Dann hörte Zwolle ein dumpfes Grollen, das aus einem Haus kam, über dem in fetten Lettern stand:

Kegelbahn
Donnern/Treffen/Abräumen/Gewinnen

Zwolle traute sich nicht, einen Luftpiraten anzusprechen und nach dem Weg zu fragen. Dazu schauten sie alle viel zu finster drein. Er hielt sich im Hintergrund und versuchte, nicht aufzufallen. Langsam nur pirschte er voran. Kam an einer Lufttierhandlung vorbei, an einem Kino, an einem Kaufhaus und einer Disco:

TANZEN NUR ALLEIN ERLAUBT
FÜNF MINUTEN PRO PERSON

… las Zwolle. Überall hingen Tafeln und Schilder mit genauen Anweisungen, welcher Luftpirat wann genau eines der Gebäude betreten durfte. So wollte man offenbar vermeiden, dass die Luftpiraten in der Stadt aufeinandertrafen.

Zwolle passierte nach und nach andere kleine Läden, in denen man Feuerwerkskörper erstehen konnte oder Stahl zur Herstellung von Weißglut, es gab kleine, dampfende Küchen, in denen Luftpiratenköche allerhand Nahrung brutzelten, und vieles andere mehr. Schließlich erreichte Zwolle ein Gebäude, das von außen weitaus größer zu sein schien als alle anderen. Darüber las er:

ARENA
Schaukämpfe/Blitztraining/Verhandlungen

Zwolle sah einen Piraten aus dem Gebäude treten. Der schien ein wenig freundlicher zu sein als die anderen. Schon wollte er auf den Luftpiraten zuhutzeln, als er hinter sich ein Zwitschern vernahm.

»Zwolle!«, hörte er.

Zwolle fuhr herum. Auf einem Luftmäuerchen hockte ein Eisvogel. Ein blauer Eisvogel. Der Vogel flatterte jetzt zu ihm, setzte sich auf seine Schulter und raunte: »Erkennst du mich?!«

»Was? Wer?«, fragte Zwolle.

»Kaspar! Komm mit. Kaspar bringt dich nach Hause!«

Und Zwolle atmete auf. Er folgte seinem Freund durch die Gänge.

Zwolle war erleichtert, als er wieder in seinem geliebten Luftloch landete. Nur: Dort schwebte auch sein Vater Adiaba, und zwar mit hochrotem Kopf.

»Zwolle!«, rief er.

»Papa!«

Sie fielen sich in die Arme. Doch sein Vater stieß ihn sofort von sich. »Bist du verrückt geworden!? Wie kannst du bei mir in der Schule aufkreuzen? Ich hab dir doch verboten, hinzugehen! Ich hab dir doch gesagt …«

»Schrei nicht so!«, sagte Zwolle.

»Ich schrei, wie ich will!«, rief Adiaba.

»Ist das jetzt Wut?«, fragte Zwolle leise.

»Was?«

»Du schreist, du läufst rot an, du ärgerst dich …«

»Nein!«, sagte Adiaba. »Das ist keine Wut. Das ist Sorge. Ich hab mir Sorgen gemacht! Du hast ja keine Ahnung, was auf dem Spiel steht. Du schwebst in Lebensgefahr!«

Adiaba beruhigte sich langsam, schuffelte hin und her, setzte sich auf ein Luftpolster, zündete die Pfeife an und bat Zwolle, zu ihm zu kommen. »Tut mir leid«, sagte Adiaba. »Vielleicht ist alles meine Schuld. Ich hätte dir die Wahrheit sagen sollen. Von Anfang an.«

»Dann tu's jetzt, Papa!«

Adiaba zögerte. Er wusste: Es würde ihm sehr schwerfallen, Zwolle alles zu erzählen. Doch dann legte er los. Und Zwolle erfuhr endlich: Dass er ein Weißer Luftpirat war. Und dass Adiaba ihn eigentlich hätte ertränken müssen.

»Ertränken?«, rief Zwolle erschrocken.

Adiaba erzählte von der Feuerträne, die ihn davon abgehalten hatte, von diesem rätselhaften Zeichen. Von den Fremd-Gefühlen, die mit Zwolles Erscheinen in sein Leben Einzug gehalten hatten: Zuneigung, ja, Liebe. Davon, wie Zwolle in allem das Gegenteil eines gewöhnlichen Luftpiraten war. Davon, wie sehr dies ihn, Adiaba, zu einem neuen Leben geführt hatte. Davon, wie er, Adiaba, endgültig die Nase voll hatte von Streitigkeiten aller Art. »Aber«, schloss Adiaba, »das alles ist gefährlich. Wenn die anderen herausfinden, dass du ein Weißer Luftpirat bist, wirst du … wirst du … zum … zum Tod verurteilt.«

»Was ist das? Tod?«, fragte Zwolle.

»Dann ist alles vorbei. Das Leben. Du hörst auf zu existieren. Das ist das Ende.«

Zwolle dachte nach. »Keiner hat mich durchschaut in der Schule«, sagte er. »Die Schminke ist gut! Die halten mich für einen normalen Luftpiraten.«

»Noch. Aber du kannst jederzeit auffliegen. Ich kann nicht mehr verheimlichen, dass es dich gibt. Du musst jetzt immer mit mir in die Schule kommen. Die anderen werden sich jeden Tag mit dir streiten wollen. Das ist der Sinn der Schule! Streiten lernen. Hässlichsein, Gemeinsein. Du kannst nicht mehr der friedliche, liebenswerte, einzigartige, himmlische, der weiße Zwolle bleiben, den ich so sehr …« Adiaba hustete und wandte sich ab, mit schimmerndem Auge.

»Papa, ich muss dir noch was sagen«, flüsterte Zwolle kleinlaut.

»Was denn?«, rief Adiaba.

»Auf dem Weg nach Hause. Ich hab mich verschuffelt.«

»Ja, und?«

»Ich hab jemanden getroffen.«

»Wen?«

»Peer Dekret.«

Adiaba kippte wie vom Blitz getroffen vom Luftpolster. Er rappelte sich mühsam wieder auf. Zwolle musste alles erzählen.

»Er war gar nicht wütend oder so!«, sagte Zwolle zum Schluss.

»Das täuscht!«, flüsterte Adiaba. »Das täuscht. Peer Dekret hat dir was vorgespielt. Um dich abzulenken. Er hat sich verstellt! Peer ist Kapitän, Herrscher dieser Stadt. *Es kann nur dann ein*

Luftpirat andere Luftpiraten beherrschen, wenn er sich selbst beherrschen kann. Es kann nur dann ein Luftpirat zum Unterdrücker der anderen Luftpiraten werden, wenn er seine eigene Wut unterdrücken kann. Das sind Peer Dekrets Worte. Peer Dekret ist ein Meister der Selbstbeherrschung und Wut-Unterdrückung. Er hat dir was vorgespielt, Zwolle. Und du? Warst du wenigstens *einmal* richtig wütend während des ganzen Gesprächs?«

»Nein«, sagte Zwolle. »Ich weiß ja gar nicht richtig, wie das geht: wütend sein.«

»Mein Gott. Peer Dekret wird Verdacht schöpfen. Er wird … Ein Luftpiratenkind, das nicht wütend ist! Wir müssen uns was einfallen lassen.«

Adiabas Plan war simpel. Zwolle musste spielen! So tun als ob! Die Nacht über gab Adiaba seinem Sohn einen Crashkurs: Streiten für Anfänger. Er übte mit Zwolle das Brüllen, Schreien und Hässlich-Lachen. Kaspar schüttelte den Kopf, als er das sah. Auch Adiaba fühlte sich nicht wohl dabei, aber er hatte keine Wahl.

»Gründe!«, rief Adiaba. »Gründe fürs Streiten. Immer neue Gründe aus der Luft greifen. Eigentum zum Beispiel: Das ist meins und nicht deins. Und wenn's nur ein Blatt Wutschnauberich ist. Oder Eitelkeit: Ich bin schön, du bist hässlich; ich bin schlau, du bist dumm. Rechthaberei: Es ist so, wie ich's sage und keinesfalls anders. Oder Eifersucht. Oder Habgier. Aber der einfachste Grund fürs Streiten ist die pure Streitlust selbst.«

»Und wie geht das?«, fragte Zwolle.

»›Hej?‹«, ahmte Adiaba einen Streitlustigen nach. »›Hast du was gesagt? Suchst du Streit? Willst du dich mit mir anlegen?‹ Oder einfach so jemanden beleidigen. Den anderen auslachen. Hässlich lachen. Gemein lachen. Aber Zwolle! Damit du das nicht falsch verstehst. Es ist nicht so, dass Luftpiraten sich prügeln. Nein. Es geht oft nur um Worte. Die Worte kitzeln neue Worte heraus. Die Worte erzeugen Widerworte. Widerwärtige Widerworte. Wie Patronen sind sie, die Worte, die man auf den anderen feuert. Und übrig bleiben nur Patronenhülsen, Worthülsen. Irgendwann ist nicht mehr wichtig, *was* gesagt wird, sondern nur noch, *dass* und *wie* etwas gesagt wird. Worte werden zu Lauten. Die Laute werden lauter. Das Sprechen wird zum Schreien. Das Schreien zum Brüllen. Und das Brüllen zum Donnern.« Adiaba machte eine Pause. »Weißt du was?«, fuhr er fort. »Wenn ich dir das so erzähle, wird mir eins klar.«

»Was denn?«

»Eigentlich sind wir Luftpiraten furchtbar dumme Wesen. Nichts als streitsüchtige Schaumschläger!«

»Und ich soll jetzt auch so einer werden?«

»Nur so tun als ob, Zwolle, bitte, nur so tun als ob. Spielen musst du, spielen! Wut spielen! Den anderen etwas vormachen!«

»Sollen wir nicht lieber mit Kaspar abhauen? Einfach raus? Raus an die Frische-Luft?«

»Nein. Was wollen wir da? Draußen ist es gefährlich.«

»Aber hier drinnen doch auch, oder?«

»Nicht, wenn wir es richtig anpacken. Komm! Weiter!«

Zwolle erfuhr, dass in der Schule die Streitigkeiten immer gleichzeitig zum Unterricht ausgetragen wurden. Was der Lehrer den Schülern erzählt, ist so langweilig, dass sich die Schüler einfach streiten *müssen*. Das Aufschäumen, Kochen und Überkochen der Wutsuppe, das Brennen, Flammen, Lodern und die Herstellung von Weißglut im Hochofen, die tödlich nervenden Lehrervorträge über Grundlagen der Geladenheit (Elektrizität), Lungenvolumen und Atmosphäre – all das langweilt die Schüler in allerhöchstem Maße, und es gibt daher immer genügend Anlass, nebenher zu streiten.

Nach dieser Nacht war Zwolle einigermaßen vorbereitet, um den ersten Schultag zu überstehen. Am frühen Morgen legte er sich noch einmal kurz hin, doch machte er kein Auge zu. Sein Herz schlug schnell in seiner weißen Brust, wenn er daran dachte, was auf ihn zukommen könnte, gleich, in der Schule.

9

Streiten ist sinnlos

Kaspar rührte Schminke zurecht, diesmal kein läppisches Staubwasser, sondern echte graue Regenfarbe. Adiaba schminkte seinen Sohn Zwolle, so gut es ging, und das sah wirklich erstaunlich luftpiratenmäßig aus: das graue Gesicht und die grauen Handschuhe. Dann verabschiedeten sich Adiaba und Zwolle von Kaspar und schuffelten los, in die Schule.

Ein wenig zu spät kamen sie zu Zwolles erstem richtigen Schultag. Zwolle setzte sich auf den einzigen freien Platz: ausgerechnet direkt gegenüber von Franka. Denn: Franka die Stirn zu bieten, das traute sich keiner der anderen neuen Schüler.

»Och, dieser Schwächling!«, murrte Franka enttäuscht. »Das ist doch kein Gegner für mich. Mit dem werd ich locker fertig!«

Zwolle schluckte.

Und tatsächlich. Sosehr Zwolle sich auch bemühte, so laut er auch brüllte, Franka lachte extrem hässlich und parierte jeden scheinbaren Wutausbruch ihres Gegners. Zwolle versuchte, Zorn in seine Stimme und in den Ausdruck seines Auges zu legen. Doch Franka prustete nur. So ein schlappes, lasches Auftreten! Das war alles so unsagbar kläglich, selbst für einen Einjährigen!

»Was bist denn du für ein Luftpirat!«, grölte Franka. »Du hast keine Ahnung, du kannst nichts! Na, komm schon, lass mich mal deine Wutmuskeln sehen! Das ist keine Wut, das ist nicht mal ein Wütchen, das ist gar nichts!«

Es stimmte: Zwolle war ohne Chance gegen Franka.

Die kleine violette Furie sprühte nur so. Ja, diese Franka – das bemerkte auch Amadäus Adiaba sofort – war das mit Abstand mies gelaunteste Luftpiratenkind, das er jemals unterrichtet hatte (und das bedeutete: das beste). Donnas Tochter ging von Anfang an pausenlos über Tische und Bänke, sie konnte es nicht aushalten, eine Sekunde still zu sitzen, sie brüllte nicht nur Zwolle in Grund und Boden, sie legte sich auch mit allen anderen Schülern an, sie gewann mühelos jeden Streit, und auch die anderen verkrümelten sich alsbald, nachdem Franka sie fertiggemacht hatte. Gegen dieses Luftpiratenmädchen war kein Kraut gewachsen.

Als Franka endlich zurück an ihren Tisch schwebte, bereit zu einem neuen Streit gegen Zwolle, änderte Zwolle seine Taktik und flüsterte: »Hör mal, ich will gar nicht mit dir streiten.«

Franka traute ihren Ohren nicht. »Was soll das heißen?«

»Es ist sinnlos zu streiten«, sagte Zwolle. »Du hast mir nichts

getan, ich hab dir nichts getan. Wir streiten nur, weil wir Luftpiraten sind. Wer sagt, dass Luftpiraten immer streiten müssen? Im Grunde ist das doch blöd, oder?«

Einige Sekunden lang schwieg Franka mit offenem Mund. Es war, als dringe da ein Gedanke durch ihren verzerrten Verstand nach weit, weit hinten, in die tiefste Ecke ihres Kopfes. Dann aber rasselte etwas vor ihrem Auge herunter, sie schien nur noch die Farbe lila zu sehen und fluchte auf Zwolle, schimpfte ihn einen Versager, eine Tröte, einen Haufen Wolkenkot und so weiter. Sie war sehr fantasievoll im Erfinden neuer Schimpfwörter: Regenlümmel, Krückenflieger, Blitzniete, Hohles Kissen oder Flötenwilli. Zwolle aber zuckte nur mit den Schultern und ließ Franka einfach da hocken, wo sie gerade hockte, das heißt, drehte sich um und entfernte sich.

»Halt! Wo willst du hin?«, rief Franka.

Zwolle reagierte nicht. Da spürte er ihre Hand auf seiner Schulter, Zwolle aber drehte sich um und flüsterte: »Lass mich in Ruhe! Es sind nicht alle so wie du!«

»Streitverweigerung!«, schrie Franka. »Adiaba! Lehrer! Das ist eine offene Streitverweigerung hier! Das ist verboten! Jeder angedonnerte Pirat muss sich wehren! Das ist das Gesetz! Adiaba! Haben Sie das gehört?«

Adiaba seufzte. Franka hatte recht: Es stand geschrieben, dass bei jedem Streit Zugzwang herrscht. Bis zum bitteren Ende. Auf jedes Wort hatte ein Widerwort zu folgen, auf jeden Zug ein Gegenzug, auf jeden Wind ein Gegenwind. Damit der Streit sich in höchste Höhen schraubte, so lange, bis einem der Streitpartner die Luft ausging.

Adiaba musste etwas tun.

»Hör zu!«, sagte er zu Franka. »Ich sehe, deine Mutter Donna hat dich sehr gut auf die Schule vorbereitet.«

»Oja, das hat sie! Schlappschwänze, alle miteinander!!«

»Die Schüler hier sind in der Tat keine Gegner für dich. Also wirst du gegen mich streiten müssen«, sagte Adiaba.

Franka sperrte den Mund auf. Damit hatte sie nicht gerechnet. Und auch nicht damit, dass Adiaba sofort die Backen aufblies und einen Brüller von sich gab, der Franka bis ins Mark traf und sie in die Ecke des Schulraums spülte, überrumpelt von der Macht dieses Donners. Adiaba dachte, damit sei Franka nun eine Weile ruhiggestellt, doch er hatte sich mächtig getäuscht!

»Ist das alles, was du draufhast?!«, rief Franka und tat nun etwas, mit dem Adiaba nicht im Mindesten gerechnet hatte: Sie öffnete ihre Augenklappe, und aus ihrem rechten Auge zischte ein feurig violetter Blitz. Der Blitz traf Adiaba vor die Brust und brannte ein Loch in seinen Umhang. Adiaba schrie auf vor Schmerz, dann aber packte er Franka und schuffelte mit ihr zum Schrank, sperrte sie dort ein und drehte den Schlüssel um. Dabei brüllte er: »Es ist verboten, in den Luftlöchern andere Piraten anzublitzen!« Franka trommelte von innen gegen die Schranktür, aber Adiaba rief von außen: »Du bleibst so lange da drinnen, bis du dich wieder beruhigt hast. Morgen früh bringst du mir eine Entschuldigung! Von deiner Mutter unterschrieben. Sonst war's das für dich mit dem Unterricht hier! Hast du mich verstanden?«

Drinnen im Schrank wurde es langsam leiser.

Adiabas Schmerz ließ nach. Frankas Blitz war erstaunlich hart und genau gezielt gewesen für so ein junges Luftpiratenkind. Adiaba aber war im Grunde froh über diesen Zwischenfall. So hatte Zwolle seine Streitpartnerin verloren. Zumindest für diesen Tag. Und Zwolle hockte still auf seinem Stuhl und versuchte, die Aufmerksamkeit der anderen nicht auf sich zu lenken. Der Streit mit Franka hatte ihn wahrlich ausgelaugt.

Doch neben Zwolle saßen die beiden Streithähne Hänk und Stänk. Sie versuchten jetzt, Zwolle in einen Zwist zu dritt zu verstricken. Einmal fasste Hänk Zwolle gar an die Wange, sodass ein wenig von Zwolles Schminke an Hänks Hand kleben blieb. Zwolle erschrak. Heimlich zeigte Hänk seinem Partner Stänk die graue Farbe, beide steckten die Köpfe zusammen und tuschelten. Adiaba bekam davon nichts mit, weil er mit den übrigen Schülern beschäftigt war. Zwolle aber stand auf, ein bisschen erschrocken, er wusste nicht, wohin, schaute sich im Schulraum um und dachte: Das geht hier alles total schief.

Und in diesem Moment hatte er plötzlich eine Idee.

Als niemand auf ihn achtete, schuffelte er zum Schrank, in dem Franka steckte, schloss ihn auf und schob sich zu Franka in die Finsternis. Da die linken Augen der Luftpiraten Dunkelheit ganz gut durchleuchten können, sah er, dass Franka grummelnd auf dem Boden des Schrankes hockte.

»Was willst du denn hier?«, fragte sie.

»Pass auf!«, sagte Zwolle leise. »Ich … ich habe noch nie jemanden wie dich gesehen! Mit so viel Feuer! Du wirst mit Sicherheit die größte aller Luftpiratinnen werden. Vielleicht sogar Kapitänin.«

»Meinst du?«, fragte Franka und stand auf.

»Aber sicher«, sagte Zwolle. »Schau dich an! Du bist bestimmt das erste Luftpiratenkind überhaupt, das seinem Lehrer einen fetten Blitz in den Bauch geknallt hat.«

»Das stimmt!«, sagte Franka. »Wenn ich das meiner Ma erzähle, die wird ein Auge machen!«

»Und ich«, sagte Zwolle, »ich kann gar nichts.«

»Das stimmt auch!«, brummte Franka.

»Sag mal«, flüsterte Zwolle. »Wie wär's, wenn du mir morgen helfen würdest?«

»Was? Helfen? Was ist das? Helfen? Ich hab das Wort nie gehört!«

»Helfen: Das heißt einfach, du zeigst mir alles, was du kannst. Du bringst mir alles bei. Das Grölen und Blitzen! Ich weiß, ich werde nie so werden wie du. Aber ich will lernen. Von dir! Damit ich wenigstens ein halbwegs guter Luftpirat werde.«

Franka grummelte.

»Und?«, fragte Zwolle.

»Zisch ab!«, sagte Franka. Doch als Zwolle die Tür zum Schrank öffnete, sagte Franka noch: »Okay, ich denk drüber nach, Kleiner!«

10

Endlich Blitzkunde

Adiaba war fix und fertig. Der erste Schultag mit Zwolle hatte ihn völlig erledigt. Am Schluss hatte er Franka aus dem Schrank gelassen. »Denk an die Entschuldigung!«, hatte Adiaba noch gerufen. Aber Franka war wortlos abgezogen.

Für den zweiten Schultag ließ sich Adiaba etwas ganz Besonderes einfallen. »Heute«, sagte Adiaba zu seinen Schülern, »steht zum ersten Mal Blitzkunde auf dem Programm!«

Die Schüler jubelten.

»Zwolle wird nicht teilnehmen«, sagte Adiaba. »Er ist mein Sohn. Ich habe ihm schon vor Monaten Sonderunterricht im Blitzen erteilt. Zwolle kann schon so gut blitzen, der würde nur unsere Dosen zertrümmern.«

Die anderen nickten. Adiaba aber lächelte. Damit war Zwolle aus der Schusslinie. Die Wahrheit sah natürlich anders aus. Adiaba wusste: Ein Weißer Luftpirat würde niemals einen Blitz entflammen, schleudern und einschlagen lassen können.

»Die Blitze«, rief Adiaba, »die ihr irgendwann schleudern werdet, sind gefährliche Waffen. Sie können großen Schaden anrichten. Ihr dürft sie nur für die Streitigkeiten auf den Wolken verwenden. Fürs Blitzen innerhalb unserer Luftstadt gelten Regeln: Es ist verboten, einen anderen Luftpiraten anzublitzen. Das habt ihr gestern gesehen. Was du getan hast, Franka, war gegen das Gesetz. Hast du die Entschuldigung dabei?«

»Klar!«, rief Franka und reichte ungewöhnlich freundlich und strahlend ihrem Lehrer ein Brieflein.

Adiaba nickte, faltete den Brief auf und las still: »Adiaba, du kannst mich mal! Meine Tochter ist die Größte! Und wenn sie dir in den Hintern blitzt: Meinen Segen hat sie! Schmeiß sie ruhig raus! Bei dir kann sie eh nichts lernen! Deine Donna Brubu. Hoho!«

Franka lachte hässlich.

»Darüber reden wir noch!«, hustete Adiaba. Dann richtete er sich wieder an die Schüler. »Außerdem, und das ist wichtig, hört ihr: Es ist verboten, in einen Spiegel zu blitzen! Es ist …«

»In einen Spiegel?«, riefen Hänk und Stänk gleichzeitig.

»Das hier ist ein Spiegel!« Adiaba zog einen gesichtsgroßen Taschenspiegel aus seinem Umhang. »Man gefährdet sich selber, wenn man in einen Spiegel blitzt.« Es war das erste Mal, dass die Kinder einen Spiegel sahen. »Wenn man in einen Spiegel blitzt«, sagte Adiaba, »kehrt der Blitz dorthin zurück, von wo er gekommen ist: ins eigene Auge. Das kann böse Folgen haben:

Ohnmacht, Blendung, Tod durch innere Verbrennungen, je nach Grad und Schärfe des Blitzstrahls.«

Adiaba ließ den Spiegel herumgehen. Jeder schaute hinein und war verblüfft, da keiner wirklich wusste, wie er eigentlich aussah.

»Das bin *ich*?«, rief Hänk.

»Wie seh *ich* denn aus?«, brüllte Stänk.

»Ich dachte, nur die anderen haben so eine Zornfalte!«, sagte Ina.

»Mein Gott, ich bin ja auch hier oben grau!«, rief Uta.

»Ich hab ein violettes Auge!«, brüllte Franka.

»Ich hab eine Riesennase!«, schrie Stänk.

»Mein Mund ist gar nicht rund!«, rief Hänk.

»Schluss jetzt!«, sagte Adiaba und steckte den Spiegel wieder ein.

Die Schüler lernten nun zunächst das blitzschnelle Öffnen der

Augenklappe. »Das muss noch viel schneller gehen!«, rief Adiaba immer wieder. »Ihr lahmen Enten!« Die Kinder waren Feuer und Flamme und gaben alles.

Nach zwei Stunden mussten sich die Kinder in einer Schlange hintereinander aufstellen. Zwolle klebte Markierungen auf den Boden und stellte die Blechbüchsen ins Regal. So hatte auch er etwas zu tun. Die Schüler kannten das Ritual noch von der Abschussprüfung.

»Irgendwann«, sagte Adiaba, »nach einem Jahr, da werdet ihr gelernt haben, diese Büchsen abzuschießen. Na ja, die meisten von euch jedenfalls. Heute geht es erst mal darum, einen Blitz aus euren Blitzaugen zu locken. Legt die Augenklappen ab.«

Die Schüler gehorchten. Adiaba ging zum ersten Schüler in der Reihe: Hänk. Oder Stänk. Die Namen konnte Adiaba noch nicht so gut auseinanderhalten. »Hör zu, du musst den Blitz schüren. Mit deiner dunklen Energie. Stell dir das Schlimmste vor, was du dir denken kannst.«

»Adiaba!«, murmelte Franka im Hintergrund.

»Irgendetwas, das du entsetzlich hasst und ganz furchtbar findest. Und jetzt schließ das rechte Auge und öffne es wieder.«

Hänk folgte der Anweisung, aber aus seinem rechten Auge züngelte nur ein armseliges Flämmchen. Als hätte jemand ein Streichholz entzündet. Die anderen Schüler lachten.

»Hoho! Honki Stonki! Hinki Stinki! Hänki Stänki! Versager!«

»Nein!«, rief Adiaba. »Lacht nicht! Das war schon sehr gut. Fürs erste Mal. Sehr gut, Hänk.«

»Stänk heiße ich!«

»Sehr gut, Stänk! Der Nächste.«

Keiner kriegte einen richtigen Blitz hin, allerhöchstens einen mehr oder minder großen Feuerstich. Alle lachten über denjenigen, der gerade dran war. Obwohl keiner besser war. Und Adiaba gab Tipps und verbesserte die Technik, und die Schüler waren begeistert über jeden noch so kleinen Fortschritt.

Als Letzte in der Reihe kam schließlich Franka dran.

»Dir muss ich wohl nichts mehr erklären«, seufzte Adiaba. »Also gut, schieß los!«

Und Franka öffnete locker ihr Blitzauge, und heraus schossen in rascher Folge sechs Blitze, die alle sechs Blechbüchsen trafen und in dampfende, kokelnde, schwarze Haufen Schrott verwandelten.

Die Schüler applaudierten begeistert.

Franka knickte Daumen und Zeigefinger zu einer Pistole, tat so, als puste sie Dampf von der Mündung und steckte sich das Ding gelassen in die Tasche ihres Umhangs. »Kinderspiel!«, sagte sie.

Auch Adiaba nickte anerkennend. »Sehr gut! Das ändert nichts daran, dass ich morgen eine anständige Entschuldigung von deiner Mutter erwarte. Sonst ist der Ofen aus!«

»Pahh!«, rief Franka.

»Jetzt folgt noch eine Stunde *Theoretische Grundlagen des Widerspruchs gemäß der Lehre von Ludwig Feuerball*«, rief Adiaba donnernd.

Die Schüler stöhnten gequält auf.

11

Der Kampf der Geflügelten Worte

Am nächsten Tag fehlte Franka. Niemand wusste, weshalb. Mit rotem Stift vermerkte Adiaba einen Eintrag ins Klassenbuch. Auch an den folgenden zwei Tagen tauchte die violette Furie nicht auf.

Zwolle schlug sich, so gut es eben ging. Es gelang ihm von Tag zu Tag immer besser, sich zu verstellen. Wegen Frankas Fehlen aber hatte Zwolle ein komisches Gefühl: Wäre Franka anwesend gewesen, wäre es für Zwolle sicher nicht leichter geworden. Trotzdem vermisste er sie irgendwie.

»Sag mal«, fragte Zwolle seinen Vater am Morgen des vierten Tages, an dem Franka fehlte. »Was ist mit Franka? Ist sie krank?«

»Keine Ahnung. Sei froh, dass sie nicht da ist.«

»Nein«, sagte Zwolle. »Da stimmt doch was nicht!«

»Ach!«, entgegnete Adiaba. »Donna hat einfach keine Lust, eine Entschuldigung zu schreiben.«

»Aber wenn etwas passiert ist?«, drängte Zwolle.

»Dann können wir's eh nicht ändern.«

»Wir müssten mal nachschauen.«

»Im Luftloch Nummer 11? Bei Donna? Machst du Witze?«

»Willst du gar nichts tun?«

Adiaba schwieg.

»Vielleicht braucht sie unsere Hilfe«, sagte Zwolle. »Und wir müssen sie retten! Du hast mich auch gerettet! Damals.«

Adiaba seufzte. Er seufzte viel in letzter Zeit. »Gut!«, sagte er. »Wenn Franka morgen noch nicht aufgetaucht ist, können wir ...«

»Nein!«, sagte Zwolle. »Heute noch. Nach der Schule. Ich kann das nicht allein. Du musst mitkommen. Bitte, Papa!«

Adiaba sah seinen Sohn an. Dann lächelte er. Kein Luftpirat – außer Zwolle – wäre auf die Idee gekommen, einem anderen Luftpiraten zu helfen. Und genau das liebte Adiaba so an Zwolle. Dass er anders war, freundlich und hilfsbereit. Zugleich aber wunderte sich Adiaba, dass Zwolle auch so energisch sein konnte.

»Also gut«, sagte er.

Nach Schulschluss schuffelten die beiden los. Gemeinsam mit den Schülern Hänk und Stänk: Diese beiden Schüler wohnten ganz in der Nähe von Donna und Adiaba und hatten denselben Heimweg. Adiaba und Zwolle ließen Hänk und Stänk bei ihren Luftlöchern zurück und hutzelten weiter zu Donnas Wohnung: Luftloch Nummer 11.

Dort gelangten sie ohne Mühe durch den schwarzen Vorhang in den Keller. Doch die Tür vom Keller zum eigentlichen Luftloch war abgeschlossen.

»Du musst klopfen!«, rief Zwolle.

Adiaba klopfte.

»Fester!« Zwolle prügelte seine Fäuste gegen die Tür.

Nichts geschah.

»Franka!«, brüllte Zwolle.

So laut hatte er noch nie gebrüllt. Adiaba zuckte zusammen. Eine schwache Stimme ertönte von drinnen. Ein Stimmchen nur noch. Ein Stöhnen.

Zwolle rief: »Du musst die Tür einrennen, Papa! Das ist Frankas Stimme. Sie braucht Hilfe.«

Statt auf Adiaba zu warten, warf Zwolle sich selber schon mit aller Kraft gegen die Tür. Adiaba half ihm. Gemeinsam schafften sie es. Nach zwanzig wuchtigen Stößen wackelte die Tür, nach weiteren zehn Stößen sprang sie aus dem Rahmen. Zwolle stürmte voran.

Adiaba folgte ihm. »Donna!«, rief er. »Es tut uns leid, wenn wir hier einfach so eindringen …«

Aber Donna war gar nicht da. Nur Franka. Die lag dort. Auf dem Rücken. In den Luftpolstern. Wie eine umgekippte Sturmschildkröte. Sie rührte sich nicht.

Zwolle eilte hin. Bückte sich. »Franka!«, rief er.

Franka antwortete nicht. Ihr Auge war geschlossen. Ihre Lippen trocken und aufgesprungen.

Adiaba rannte zur Außentür des Luftlochs und musste seine gesamte Kraft aufbieten, um die Tür zu sich zu ziehen. Draußen wehte ein heftiger Wind. Eisige Kälte wurde hereingespült. Sonnenlicht spritzte ins schummrige Luftloch. Adiaba blinzelte mit seinem Auge, um sich gegen das Licht zu schützen, dann pflückte er einen Kondenszapfen, hauchte ihn an, ließ das Wasser in seine Hand tropfen und hutzelte rasch zurück ins Luftloch. Die Tür nach draußen ließ er offen. Adiaba kippte das Wasser in einen Becher und rief Zwolle zu: »Ich hol etwas zum Essen! Und Medizin! Bleib du hier, Zwolle. Du musst versuchen, Franka aufzuwecken! Sie sollte was trinken!« Damit ließ er Zwolle und Franka zurück und eilte in sein Luftloch Nummer 13.

Zwolle hockte sich zu Franka. Er gab ihr ein paar leichte Ohrfeigen. So lange, bis sie das Auge aufschlug. Und Zwolle ansah.

Ihr Blick verdunkelte sich. »Wo bin ich?«, fragte sie schwach.

»Bei dir zu Hause.«

»Was willst du hier!?«

»Ich will dir … helfen!«, sagte Zwolle.

Franka schwieg.

»Was ist denn überhaupt passiert?«, fragte Zwolle.

»Ich hab tagelang nichts gegessen und getrunken.«

Zwolle reichte Franka den Becher mit Wasser. Franka richtete sich mühsam auf und trank einen Schluck.

»Meine Mutter war plötzlich weg«, sagte Franka. »Ich bin müde.«

»Nein!«, rief Zwolle. »Lass das Auge auf! Du musst wach bleiben! Adiaba bringt dir gleich was zu essen.« Er zerrte Franka hoch und zog sie Richtung Außentür. Die stand immer noch offen. »Du musst wach bleiben!«, sagte er noch einmal und suchte nach irgendetwas, das Franka ablenken könnte. »Hast du jemals nach draußen geguckt?«, fragte Zwolle. »In die Frische-Luft?«

Franka schüttelte den Kopf.

»Dann ist das jetzt deine Chance!«

Beide hockten sich an die Tür und blickten hinaus. Franka blinzelte. Der kalte Wind weckte ihre Lebensgeister. Das wirkte wie Wasser, das man ihr ins Gesicht schüttete. Diese Weite, diese Frische, diese Kühle, diese Endlosigkeit. Beide starrten sprachlos. Schön war es dort draußen. Hell und schön. Zwolle schmerzte das Licht nicht. Franka dagegen nahm eine Hand vor ihr linkes

Auge und schützte es. »Ziemlich hell, die Frische-Luft!«, sagte sie.

»Ja«, sagte Zwolle.

»Warum blinzelst du nicht?«, fragte Franka. »Tut das nicht weh in deinem Auge?«

Zwolle hustete.

Da näherten sich plötzlich zwei Gebilde: Buchstäbchen, die sich gegenseitig an den Händen hielten. Sie schwebten Richtung Luftloch. Eines kam von rechts, eines von links. Die einen Buchstaben waren grün, die anderen blau.

Zwolle fragte: »Kennst du so was?«

»Nein!«, rief Franka.

»Das sind Geflügelte Worte«, sagte Zwolle und war stolz, dass er mehr wusste als Franka.

»Klugscheißer!«, rief Franka, schon etwas wacher jetzt.

Die Geflügelten Worte trafen sich vor dem Luftloch. Es schien, als hätten sie nur auf ein Publikum gewartet, auf irgendeine offene Tür. Das erste geflügelte Wort lautete: GLEICH UND GLEICH GESELLT SICH GERN. Das zweite dagegen hieß: GEGENSAETZE ZIEHEN SICH AN.

»Das ist blöd«, sagte Franka. »Nur eins von beiden kann stimmen.«

»Du kannst schon lesen?«

Franka schnaufte verärgert.

Doch die Geflügelten Worte stürmten jetzt aufeinander los. Ein Kampf entbrannte zwischen ihnen. Die einzelnen Buchstaben jeder Kette ließen sich los und boxten wie wild gegen die feindlichen Buchstaben. Doch die kleinen Buchstaben schienen eine Trennung von ihren Geflügelten Worten nicht lange aushalten zu können. Nach ein paar Schlägen suchten sie rasch wieder den Kontakt zu ihrer Kette. Die grünen Buchstaben stoben zu den grünen, die blauen zu den blauen. Allerdings verloren sie in der Hektik ihre ursprüngliche Stellung und bildeten laufend neue Wörter: LEICHEN, STERNE, GEISTER, LICHT, STREIT, ZINNE, ZISCHEN, ICHICHICH, aber auch jede Menge sinnlose Wörter wie CHLUND oder NERGICHU oder TAESNEGETZ. Dann wieder trennten sie sich und kämpften weiter. Es wogte hin und her: Lösen aus der Kette, Boxen, Zurückkehren zur Kette, Lösen, Boxen – so ging es eine Weile. Das Geflügelte Wort GLEICH UND GLEICH GESELLT SICH GERN besaß mehr Buchstaben. Dieser Vorteil wurde aber wettgemacht durch die beiden muskulösen Zs und verrückt-wilden As in GEGENSAETZE ZIEHEN SICH AN. So gewann am Ende keiner, und keiner verlor. Mit jeder Menge Beulen und Schrammen entfernten sich die Geflügelten Worte voneinander. Und die Buchstaben schoben sich im Fliegen nach und nach wieder zurück in ihre Ursprungsform.

Franka und Zwolle sahen sich an. Sie hatten keine Ahnung, was der Sinn dieses Kampfes gewesen war.

»Kommt weg von der Tür!«, rief eine Stimme hinter Zwolle und Franka. Es war Adiaba. Er eilte zu ihnen und stieß die Tür zu, mit aller Gewalt und Kraft. »Ihr habt da nichts verloren. Das ist mordsgefährlich. Wenn ihr rausgesaugt werdet, verschwindet ihr auf Nimmerwiedersehen!«

Adiaba nahm die immer noch schwache Franka auf die Arme und legte sie ins Bett. Er hatte aus seiner Luftlochküche Windbeutel und Sturmspargel geholt, Zorndornen, Quengeltropfen und Taifuntabletten. Zwolle fütterte Franka nun und gab ihr noch mal zu trinken.

»Was genau ist hier passiert?«, fragte Adiaba.

»Ihre Mutter ist fort«, sagte Zwolle.

»Wohin denn?«

»Keine Ahnung!«, sagte Franka. »Sie ist raus an die Frische-Luft und einfach nicht mehr heimgekehrt.«

»Und du?«

»Ich bin hier nicht mehr rausgekommen. Gefangen! Die Kellertür ist abgeschlossen. Donna hat den Schlüssel. Die Tür nach draußen kriege ich nicht auf. Viel zu schwer.«

»Und warum hast du nichts gegessen und getrunken die ganze Zeit?«, rief Adiaba. »Drei Tage lang!?«

»Das Essen und das Wasser stehen im Keller. Und der Keller war abgeschlossen.«

»Das ist eine Katastrophe!«, rief Adiaba. »Alle Luftpiraten müssen den Kindern einen Schlüssel zum Vorratskeller geben, wenn sie an die Frische-Luft gehen. Falls was passiert.«

»Passiert? Was denn? Denkst du, Donna ist tot?«, fragte Franka und erbleichte.

»Nein, nein!«, rief Adiaba schnell. »Die alte Donna kriegt so schnell keiner unter, glaub mir!«

»Uff!«, sagte Franka. »Und wann kommt sie wieder zurück? Ich will noch jede Menge von ihr lernen. Bei deinem Unterricht kommt ja nicht viel rum, Adiaba!«

Adiaba seufzte und sagte: »Jedenfalls: Die nächsten Tage bist du vom Unterricht freigestellt. Du musst dich erst einmal gründlich erholen. Und mein Zwolle hier wird ab und an nach dir sehen!«

Franka schaute zwar schon wieder etwas grimmig, dennoch hätte sie in diesem Moment »Danke!« gesagt, wenn sie das Wort gekannt hätte. Aber sie kannte es nicht. Was natürlich an ihrer Erziehung lag.

Zwolle blieb noch den ganzen Nachmittag.

»Und du weißt wirklich nicht, wo Donna hin ist?«, fragte Zwolle irgendwann.

»Keine Ahnung!«, sagte Franka.

»Man müsste sie suchen!«, sagte Zwolle.

»Wo?«

»Da draußen!«

»Du spinnst, Zwolle. An der Frischen-Luft?«

»Warum nicht?«, sagte Zwolle.

»Das würdest du dich trauen?«

»Klar!«, strahlte Zwolle und sonnte sich in Frankas erstauntem Blick.

»Kein Luftpiratenkind kann die Tür öffnen«, seufzte Franka.

»Es ist schön da draußen.«

»Bist du schon mal draußen gewesen?«

»Nein. Aber ich habe schon einmal nach draußen geschaut. Durch ein Fenster. Im Luftschiff. Ich …«

»Du warst bei Peer Dekret?«

»Ja.«

»Erzähl!«

Zwolle legte los. Franka dagegen war inzwischen wieder müde, erschöpft vom vielen ungewohnten friedlichen Reden und Zuhören.

Als Zwolle geendet hatte, sagte sie: »Mir fällt gerade etwas auf.«

»Was denn?«, fragte Zwolle.

»So lange habe ich noch nie mit einem Luftpiraten geredet. So lange habe ich noch nie mit einem Luftpiraten *nicht gestritten*.«

Streiten ist sinnlos, dachte Zwolle. Und dann dachte er: Einen Freund zu haben wäre gut. Oder eine Freundin. Jemanden, mit dem man alles teilen kann. Warum nicht Franka? Gegensätze ziehen sich an.

»Du willst deine Mutter suchen?«, sagte Zwolle plötzlich. »Wenn wir aufhören, sinnlos zu streiten, können wir uns zusammentun. Einen Plan aushecken. Deiner Mutter helfen! Wenn sie Hilfe braucht!«

»Kein Luftpiratenkind hat je den Weg nach draußen gefunden«, murmelte Franka noch, dann aber kippten ihre Augen zu.

Zwolle dachte, ein Freund muss einer Freundin *alles* sagen. Die ganze Wahrheit. Nichts als die Wahrheit. Genau das wollte er. Und holte tief Luft und ließ sich in die Wahrheit fallen wie in einen Abgrund: »Ich bin kein normales Luftpiratenkind, Franka!«, rief Zwolle, laut und aufgeregt. »Ich bin ein Weißer Luftpirat! Ich werde den Weg hinaus finden! Hast du gehört? Franka? Franka!!??«

Doch Franka schnarchte und röchelte schon. Zwolles Worte hatte sie wohl nicht mehr gehört. Sie schien bereits tief und fest zu schlafen.

»Wir werden es schaffen!«, rief Zwolle. »Wir werden einen Weg finden. Und deine Mutter suchen! Ich versprech es dir!«

Da hörte Zwolle hinter sich ein Geräusch. Er fuhr herum.

Das kam von der Kellertür.

Zwolle hutzelte hin. Ein Schatten, der sich unten durch den Vorhang schob. Hinaus in den Gang. Ein zweiter Schatten. Der Vorhang schaukelte. Zwolle surfte rasch hinab und riss den Vorhang beiseite.

Er blickte nach links, er blickte nach rechts. Dort hinten, da verschwand etwas aus seinem Blickfeld. In einen der Gänge. Etwas? Jemand? Irgendwer?

Nur wer?

Zwolle schuffelte nach Hause.

»Franka schläft wieder«, sagte er zu seinem Vater. Und hatte tausend Fragen an Adiaba. »Was ist passiert? Warum ist Donna verschwunden? Wo ist sie hin?«

»Dafür kann es viele Gründe geben«, sagte Adiaba. »Manche Luftpiraten wandern aus, obwohl es verboten ist. Sie werden dann wieder eingefangen.«

»Wer fängt sie ein?«

»Die Spiegelglatten.«

»Was sind die Spiegelglatten?«

»Das sind Agenten. Häscher. Mit Windhunden. Sie gehorchen alle Peer Dekret.«

»Aber Donna lässt doch ihre Tochter nicht allein zurück! Und schließt die Kellertür ab! Und Franka verhungert!«

»Vielleicht ist sie bei einem Luftspaziergang auch in einen Strom geraten. Monsun. Oder Passat. Tempo vierhundert. Schwierig, da wieder rauszukommen.«

Zwolle schwieg.

»Kaspar!«, rief Adiaba. »Du schwebst jetzt zu Franka. Bleib bitte bei ihr heute Nacht. Sie wird sicher lange schlafen. Ich habe die Kellertür offen gelassen. Wenn sie aufwacht, holst du uns.«

»Aber klar!«, rief Kaspar. Dann verwandelte er sich in einen Eisvogel und flatterte davon.

12

In den Händen der Spiegelglatten

Mitten in der Nacht wurden Zwolle und Adiaba von einem brutalen Lärm geweckt. Jemand klopfte wie wild an die Kellertür: »Aufmachen! Sofort aufmachen!«

Adiaba öffnete müde das Auge.

»Wer ist da?«, rief er.

»Im Namen des Gesetzes! Öffnen Sie die Tür!«

Mit einem Schlag war Adiaba hellwach. »Mein Gott!«, flüsterte er. »Zwolle! Los! Aufstehen! Nimm den Umhang. Wir müssen fliehen! Raus hier! An die Frische-Luft! Sofort!«

»Was denn?«

»Wir sind aufgeflogen! Man hat uns durchschaut. Im Keller sind die Spiegelglatten! Wir müssen verschwinden, Zwolle! Los jetzt!«

Aber es war zu spät. Krachend warf sich jemand von außen gegen die Kellertür, die sofort aufsprang. Herein schuffelten zwei

Spiegelglatte. Gefolgt von zwei ungemein hässlichen Windhunden mit gefletschten Zähnen. Die beiden Spiegelglatten trugen verspiegelte Umhänge, die ihre ganzen Körper verbargen, dazu verspiegelte Handschuhe und verspiegelte Helme. Einer hutzelte zur Außentür des Luftlochs und riss die schwere Tür auf: Auch dort standen zwei Spiegelglatte.

Der größte unter ihnen schwebte als Letzter ins Luftloch. Er schloss die Tür nach draußen, und er tat es spielerisch leicht: Er musste also überaus stark sein. Dann nahm er gemächlich seinen Helm ab. Das linke Auge leuchtete rot. Seine Haare fielen ihm wirr in die Stirn. Er legte den Helm auf den Tisch und setzte sich in Adiabas Sturmstuhl. Alles, was er tat, tat er langsam. Als wolle er damit jeder seiner Handlungen Nachdruck verleihen. Genauso sprach er auch, als er jetzt sagte: »Mein Name ist Dinderin Smooglu.«

Adiaba stöhnte auf.

»Wer ist das?«, fragte Zwolle.

»Das ist der Kommandant der Spiegelglatten!«

»Du weißt«, sagte Dinderin Smooglu, »dass es kein Entrinnen gibt, Adiaba. Ich bin hier, um die Wahrheit herauszufinden. Die Wahrheit über deinen Jungen!« Er machte eine Pause.

Adiaba blickte zu Zwolle. Zum Glück, dachte Adiaba, haben wir ihn gestern nicht abgeschminkt. Er trägt immer noch seine graue Farbe im Gesicht.

»Peer Dekret schickt mich«, fuhr Smooglu zäh und langsam fort. »Seine Informanten, zwei Schüler, die Luftpiratenbengel Hänk und Stänk, haben gestern deinen Sohn belauscht. Im Luftloch Nummer 11. Es fiel das Wort *Weißer Luftpirat.* Ist das richtig?«

Adiaba schwieg.

»Nun, Adiaba. Es ist zwecklos. Wir werden es herausfinden. Oroshi! Kaskasi!«

Die beiden Windhunde näherten sich hechelnd. Der Spiegelglatte deutete nur kurz mit seinem rechten Zeigefinger auf Zwolle. Die Hunde bellten laut und flogen auf Zwolle zu. Zwolle wich zitternd zurück. Doch die Hunde entfachten mit ihren Schnauzen einen ungeheuren Wind: Zwolles Umhang flog fort, und seine graue Schminke bröckelte ab. Und dann schwebte er dort, Zwolle, nur in seiner Windhose, mit nacktem weißen Oberkörper und enttarntem weißen Gesicht. Die Spiegelglatten stießen Rufe des Erstaunens aus.

»Weiß!«, murmelte Dinderin Smooglu. »Weiß wie der Schnee. Weiß wie die Wolken. Weiß wie die Milch.« Dann stand er auf. »Im Namen des Gesetzes, ich verhafte dich, Zwolle, du Missgeburt! Du Weißer Luftpirat! Und ich verhafte dich, Adiaba, wegen Verstoß gegen das geltende Gesetz! Wegen Nichtbeachtung der Vorschrift, einen Weißen Luftpiraten umgehend nach der Geburt zu ertränken.« Dann wandte er sich an die anderen drei Spiegelglatten und raunte: »Festnehmen!«

Zwolle wich zurück, als die drei jetzt auf ihn zuschwebten. »Tu doch was, Papa!«, rief er. »Blitz sie in Grund und Boden!«

Smooglu lachte hässlich und setzte wieder seinen Helm auf.

»Ich kann nicht!«, antwortete Adiaba niedergeschlagen. »Meine Blitze würden an ihren Spiegeln abprallen. Und zurückkehren. Zu mir. Es ist aus. Es ist vorbei, Zwolle! Es tut mir leid!«

»Noch nicht!«, rief Zwolle. Und er stellte sich in Kampfhaltung. »Ich kann Flug Fu und Schattenboxen. Und Sonnenkarate.«

Die Spiegelglatten schauten erstaunt zum Weißen Luftpiraten.

»Kommt her!«, rief Zwolle.

Jetzt brachen die Spiegelglatten in wieherndes Gelächter aus.

Einer näherte sich und packte Zwolle. Doch Zwolle parierte den Griff und schlüpfte dem Spiegelglatten durch die Beine. Von hinten sprang er ihn an und zog ihn auf den Boden des Luftlochs.

»Widerstand gegen die Luftgewalt!«, donnerte Smooglu.

Zu dritt gelang es den Spiegelglatten, Zwolle zu fesseln. Dasselbe Schicksal ereilte auch Adiaba. Der wehrte sich erst gar nicht, weil er wusste, dass es aussichtslos war.

»Abführen!«, rief Smooglu.

Gemeinsam schwebten die Spiegelglatten mit den Gefangenen in den Keller und von dort hinaus ins Labyrinth.

Als sie aber am Luftloch Nummer 11 vorbeischuffelten, nahm Zwolle seine ganze Kraft zusammen und brüllte, so laut er konnte: »Hilfe!«

Dinderin Smooglu drehte sich um, griff in eine Tasche und holte ein Tuch heraus. Mit diesem Tuch knebelte er Zwolle. Dann blickte er zu Adiaba. »Du bist klüger, Adiaba. Dich muss ich nicht knebeln. Du wirst doch still sein. Oder?«

Adiaba nickte. Und alle schwebten weiter.

Am schwarzen Vorhang zum Luftloch Nummer 11 aber – und keiner der Spiegelglatten bemerkte sie – hockte eine kleine blaue Fliege. Die Fliege blickte den Spiegelglatten mit ihren beiden Gefangenen hinterher. Dann murmelte sie: »Verflixt und zugenäht!« Sie schwirrte zurück durch den Keller ins Luftloch Nummer 11. Nach oben. Dorthin, wo Franka immer noch schlief, erschöpft und am Ende ihrer Kräfte. Oben angekommen verwandelte sich die Fliege wieder zurück in den blau-fluffigen Luftikus namens Kaspar. Und ganz sanft rüttelte er Franka mit wolkigen Ärmchen und sagte: »Du musst jetzt aufwachen, Franka. Wir brauchen deine Hilfe. Franka! Hörst du mich?«

Franka schlug das Auge auf.

Alles war wieder da: Sie war gerettet worden. Dieser Zwolle hatte das Wort *gerettet* benutzt. Ein merkwürdiges Wort. Adiaba und Zwolle hatten ihr zu trinken gegeben. Zu essen. Was wäre geschehen, wenn sie das nicht getan hätten? Sie wäre vertrocknet. Tot.

Da sah sie ein blaues Wesen vor sich. Ihr Blick wurde schärfer, und sie fragte: »Wer bist du?«

»Ich bin Kaspar! Ein Luftikus!«

»Was ist ein Luftikus?«

»Ich kann mich verwandeln in alle möglichen Gestalten. Schau mal.« Und Kaspar gab ein paar Kostproben seiner Fähigkeiten.

»Wahnsinn!«, rief Franka.

»Wir brauchen deine Hilfe«, rief Kaspar jetzt.

»Was? Wer? Wieso?«, fragte Franka, viel zu verblüfft und erschöpft für Widerworte.

»Zwolle und Adiaba. Man hat sie festgenommen.«

Kaspar erzählte alles, was Franka wissen musste.

»Ein Weißer Luftpirat?«, murmelte Franka. »Habe ich nie von gehört. Aber was ist das für ein Waschlappen! Ein Luftpirat, der nicht blitzen kann!? Jetzt wird mit einiges klar. War schon ein komischer Vogel, dieser Zwolle.«

»Wir müssen sie befreien!«, sagte Kaspar. »Aber ich schaff es nicht allein.«

»Warum sollte ich dir … helfen?«, knirschte Franka, und das letzte Wort ging ihr nur mühsam über die Lippen.

»Ohne Zwolle würdest du nicht mehr leben. Er hat dich gerettet. Jetzt rettest du ihn.«

»Das ist unmöglich. Gegen die Spiegelglatten hat kein Luftpirat auch nur den Hauch einer Chance.«

»Na ja«, sagte Kaspar jetzt, »sieh es mal so: Du könntest in die Geschichtsbücher eingehen, Franka. Du könntest eine Legende werden. Ein Star unter den Luftpiratinnen.«

»Wie das?« Franka horchte auf.

»Denk doch mal nach! Franka: das erste Luftpiratenkind, das ausgewachsene Luftpiraten besiegt. Noch dazu Spiegelglatte!«

Frankas Auge leuchtete auf.

»Bist du dabei?«, fragte Kaspar.

Franka schwieg und dachte nach. Vor ihrem Auge zog noch einmal alles vorbei. Dieser Zwolle. Ein Weißer Luftpirat. Seine Weigerung, mit ihr zu streiten. Zwolle, der sie vorm Verhungern gerettet hatte. Das Gespräch mit Zwolle an der Luftlochtür. Der Kampf der Geflügelten Worte. GEGENSAETZE ZIEHEN SICH AN. Und: GLEICH UND GLEICH GESELLT SICH GERN. Das Verschwinden ihrer Mutter. Zwolles Vorschlag: Donna suchen. Draußen. An der Frischen-Luft. Ihre Mutter. Von der sie noch so viel lernen wollte. Franka richtete sich auf, ihr Entschluss stand fest. Sie würde Zwolle helfen. Und auch Zwolles Vater: Adiaba.

»Ich muss erst mal zu Kräften kommen«, sagte Franka.

»Na klar!«

»Und wie genau wollen wir die beiden retten?«, fragte Franka.

»Na ja«, sagte Kaspar und strahlte. »Ich habe keine Ahnung.«

13

Ein furchtbares Urteil

Zur Verhandlung kamen alle Luftpiraten Ätherias. So etwas ließ sich keiner entgehen. Eine Gerichtsverhandlung in der großen Arena fand nur selten statt. Auch alle Luftpiratenkinder mussten erscheinen, laut Anweisung von Peer Dekret. Spiegelglatte verteilten den Luftpiraten am Eingang Beruhigungspillen. Als Peer Dekret erschien, wurde er dennoch gnadenlos ausgebuht. Das war für ihn eine Wohltat. Je mehr Buh-Rufe, umso besser. Ein Beherrscher muss unbeliebt sein beim Volk, sonst ist er kein guter Unterdrücker.

Peer Dekret hob die Hand. Es wurde lauter. Um seinen Kopf kreiselte ein Geflügeltes Wort, das nur aus seinem Namen bestand, allerdings fehlte ein E: PER DEKRET.

Peer rief jetzt: »Verblitzte Luftpiraten! Wir sind heute zusammengekommen, um Recht zu sprechen. Ätheria, unsere Heimat, in der wir leben und Luft schöpfen, ist das Opfer von gemeinen Verrätern geworden. Mit meinen beiden Helfern Hänk und Stänk ist es mir gelungen, den größten Verrat in der Geschichte Ätherias aufzudecken. Seit mehr als einem Jahr lebt ein Blindgänger in unseren Reihen. Ein Weißer Luftpirat!!«

Die Luftpiraten grölten zornentbrannt. Dann aber schwiegen sie. Und blickten sich ratlos an. Denn keiner wusste eigentlich, was genau ein Blindgänger war. Oder ein Weißer Luftpirat.

»Ihr werdet gleich mehr erfahren. Zuerst begrüße ich die Zwölf Verschworenen, die am Ende der Verhandlung zu einem Urteil kommen werden. Es handelt sich dabei um die Luftpiratendamen und -herren Zonda, Meltemi, Colla, Chinook, Wambra, Garbas, Poorga, Barat, Karif, Sirkos, Kusi und Calima. Ebenso begrüße ich den Verteidiger der Angeklagten. Er heißt Charley Gottchen und sitzt dort drüben.« Peer deutete auf einen Stuhl, der leer war. »Man kann den Kerl leider nicht sehen«, grölte Peer. »Der Herr Verteidiger ist nur eine Stimme. Ein Hauch-und-Geist-Wesen. Komplett unsichtbar. Auch für uns!« Die Luftpiraten lachten hässlich. »Aber man wird ihn sicher hören können, wenn er was zu sagen hat, nicht wahr, Charley?« Peer legte die Hand ans Ohr, nichts geschah. »Lauter! Charley! Du musst lauter sprechen! Das sage ich doch immer! Wer nicht laut spricht, wird nicht gehört.«

Alle wieherten vor Lachen.

»Und endlich begrüße ich«, fuhr Peer fort, »die Präsidentin der Republik Firmament! Unsere lauthalsigste Grölerin! Ihr gebührt unser donnernder Applaus! Ihre Lufthoheit Meisterin Königin Tramontana Turbulenzia.«

Ungefähr zwei Köpfe größer als eine gewöhnliche Luftpiratin, mit einem ungeheuerlich fetten Körper, mit Haaren, die bis zu den Füßen reichten, erschien Tramontana Turbulenzia in der Arena, indem sie einen gewaltigen Brüller von sich gab. Die anwesenden Kinder, inklusive Franka, hielten sich die Ohren zu und sahen weg, als wäre das Gebrüll nicht nur hör-, sondern auch sichtbar. Franka aber fiel sofort etwas Seltsames auf. Die Meisterin Tramontana Turbulenzia war so mächtig und dick, dass ihre beiden Hände sich vor ihrem Bauch nicht erreichen konnten. Es fehlten ein paar Zentimeter. Turbulenzia schien sich in den nächsten Stunden gar nicht dafür zu interessieren, was genau in der Arena vor sich ging. Sie blickte einfach nur auf ihre Hände. Die ganze Zeit versuchte sie, ihre Hände zusammenzubringen. Die Finger der Rechten streckten sich den Fingern der Linken entgegen. Aber es wollte ihr einfach nicht gelingen.

»Verdonnerte Blitzpiepen!«, rief Peer Dekret. »Hier kommen die Angeklagten! Amadäus Adiaba, ehemaliger Lehrer unseres Johann-Sebastian-Krach-Gymnasiums. Sowie sein Sohn Zwolle. Und genau dieser Zwolle ist der verfluchte Blindgänger! Dieser Zwolle ist ein Weißer Luftpirat!« Ein Raunen wehte durch die Arena, als Adiaba und Zwolle von zwei Spiegelglatten und den Windhunden Oroshi und Kaskasi hereingeführt und auf den Boden geworfen wurden.

Die Verhandlung spottete jeder Beschreibung. Der Verteidiger mit dem merkwürdigen Namen Charley Gottchen kam gar nicht zu Wort. Unsichtbar? Es war fraglich, ob er überhaupt anwesend war. Ein Hauch-und-Geist-Wesen, hatte Peer Dekret gesagt, eine Stimme? Eine Stimme war nur da, wenn sie sprach. Charley Gottchen aber gab keinen Ton von sich.

Peer Dekret erklärte den Luftpiraten zunächst einiges über Weiße Luftpiraten, Blindgänger, die nicht funktionieren und getötet werden müssen. Dann lud er eine Reihe von Flüchen über Zwolle aus. Und danach auch über den Verräter Adiaba, der einen Weißen Luftpiraten aufgezogen hatte! Zum Schluss bat Peer die Zwölf Verschworenen um ihr Urteil. Und diese berieten sich gar nicht erst. Denn das Urteil hatte schon vorher festgestanden.

Zunächst Adiaba: Er wurde zu lebenslanger Haft im Tafelberg verurteilt. Man machte kein langes Federlesen: Der Abtransport erfolgte sofort. Mit Pauken und Trompeten wurde Adiaba zu einer Luke gebracht. Zwei Spiegelglatte waren für den Transport zuständig. Peer drückte einen Knopf, die Luke sprang auf, Adiaba wurde hinausgestoßen, die Spiegelglatten sprangen hinterher. Zwolle warf einen Blick nach draußen. Er sah, wie die Spiegelglatten mit Adiaba in ihrer Mitte forthutzelten. Dann rasselte die Luke wieder zu.

Zwolle wischte sich eine Träne vom Gesicht. Sein Vater: für immer verloren! Und alles seine Schuld!

»Nun zu dir!«, schrie Peer Dekret, an Zwolle gewandt. »Das

Urteil. Hör zu! Nein! Du wirst nicht ertränkt. Das wäre zu einfach. Dir blüht weitaus Schlimmeres, Zwolle. In genau einer Woche«, rief Peer Dekret, »exakt um zehn Uhr, wirst du vom allerwiderlichsten Monster der Lüfte gefressen. Vom Fliegenpilz höchstpersönlich. Und zwar öffentlich! Hier kommt er! Unser Henker!«

Es kehrte schlagartig Ruhe ein. Alle blickten zur Decke. Peer Dekret drückte wieder einen Knopf. Ein Glaskasten senkte sich langsam herab. Im Glaskasten schwebte der Fliegenpilz. Als der Kasten auf dem Boden stand, drückte Peer Dekret Zwolles Nase gegen die Scheibe. »Darf ich vorstellen!«, flüsterte Peer Dekret. »Unser Freund Amanita Muscaria, der gemeine Fliegenpilz. Man nennt ihn auch Poggenstool oder Fliegenteufel.«

Der Pilz war etwa so groß wie Zwolle selbst. Der Wulsthut knallrot mit zehn großen, weißen Punkten. Dazu ein knolliger Stiel. Das sollte ein Monster sein?, dachte Zwolle. Doch plötzlich kam Leben in den Pilz. Und Zwolle zuckte zusammen. Es wuchsen acht haarige, weiße Beine aus acht der weißen Punkte. Zwolle atmete schneller. Als die Beine – viel, viel länger als Spinnenbeine – vollständig aus dem Körper des Pilzes ragten, öffnete sich im Stiel ein grässliches Maul mit scharfen, glänzenden Zähnen und schnappte immer wieder auf und zu. In irrer Geschwindigkeit. Das klirrte und knirschte so grässlich und laut, dass es Zwolle noch jenseits der Glasscheibe in den Ohren schmerzte. Mit einem

zackigen Ruck kam Bewegung in den Pilz, er krabbelte durch die Luft zum Glas. Die letzten zwei weißen Punkte seines Wulsthutes öffneten sich und wandelten sich in zwei große, starre Augen, weiße, leere, tote Ungeheuer-Augen, die Zwolle fixierten und nicht mehr losließen. Zwolle war, als schaue er in zwei schaurige Abgründe. Der Fliegenteufel musterte Zwolle in aller Ruhe. Als wolle er sagen: Ich freue mich darauf, dich bald zu verspeisen, Stück für Stück. Und immer noch standen die Zähne seines Mauls nicht still.

»Verblendete Luftpiraten!«, rief Peer. »In einer Woche werden wir alle ein rauschendes Fest feiern! Die Hinrichtung des Weißen Luftpiraten! Eine Woche lang kann sich Zwolle, dieser erbärmliche weiße Tropf hier, auf seinen Tod vorbereiten. Denn die Angst muss man schüren! Schüren wie Wut! Damit wir sie sehen, riechen, fühlen können! Und auskosten!«

Alle jubelten.

»Der Käfig!«, rief Peer und drückte auf einen zweiten Knopf.

Von hoch oben fuhr nun ein nach unten hin geöffneter großer Käfig herab. Und stülpte sich über den Glaskasten mit dem

Fliegenpilz und über Zwolle. Als die Gitterwände den Boden berührten, war Zwolle gefangen. Im Käfig. Gemeinsam mit dem Fliegenpilz. Von dem Zwolle nur noch die Glasscheiben trennten. Zwolles Kehle schnürte sich zu.

»Auf diese Weise, meine Luftpiraten«, brüllte Peer, »wird Zwolle die ganze Zeit über den Fliegenpilz im Glaskasten sehen! Er wird spüren, wie der Hunger des Fliegenpilzes zunimmt und wie dem Fliegenpilz das Wasser im Maul zusammenläuft und wie der Fliegenpilz immer wilder und wilder gegen die Glasscheiben tobt. Zwolles Angst wird wachsen. Und in einer Woche wird er vor Entsetzen so bleich sein wie seine eigene weiße Haut! In einer Woche, wenn wir alle wiederkommen, um seinen Tod zu feiern. Dann werde ich einen Knopf drücken, und die Glasscheiben werden umkippen, und der Fliegenteufel wird sich auf Zwolle stürzen und ihn in null Komma nichts in kleine Häppchen zerreißen, die er dann fressen wird, fressen, fressen, fressen!«, rief Peer und trat bei den letzten Worten dicht vor das Gitter, um Zwolles Angst zu riechen.

Die Luftpiraten tobten jetzt wieder.

Peer Dekret rief schließlich: »Die Verhandlung ist beendet!«

Auch Tramontana Turbulenzia erhob sich. Sie hatte es nicht geschafft, ihre Hände zueinanderzubringen.

14

Die Flucht aus dem Luftloch

Fünf Stunden später schliefen alle Luftpiraten der Stadt Ätheria. Gemütlich schnarchten sie in ihren Löchern. Keiner war mehr auf den Flügelfüßen. Keiner, bis auf ein Luftpiratenmädchen: Es war Franka. Und neben ihr schwirrte eine blaue Fliege: Kaspar. Die beiden hatten fünf Stunden lang überlegt, wie genau sie Zwolle aus der Arena befreien wollten. Sie hatten alle möglichen Pläne besprochen und wieder verworfen. Zum Schluss hatte Franka gerufen: »Quatsch mit Soße! Wir fliegen jetzt einfach da hin und hauen Zwolle raus! Irgendwie! Los geht's!«

»Aber …«

»Papperlapapp! Wir haben genug geredet! Wir werden jetzt handeln! Wenn wir dort sind, wird uns schon irgendwas einfallen!«

Die beiden flogen durch die unterluftigen Gänge zur Stadt Ätheria. Unterwegs begegneten sie zum Glück niemandem. Sie erreichten die Arena unangetastet. Und kamen sogar ohne Mühe hinein. Langsam pirschten sie sich voran. In der Mitte der Arena: Zwolles Käfig. Ein Kronleuchter sorgte für ein wenig Licht.

Die Lage stellte sich wie folgt dar: Ein Spiegelglatter saß auf einem Stuhl vor dem Käfig, an das Gitter gelehnt, und schnarchte laut vor sich hin. Seinen verspiegelten Helm hatte er ausgezogen und auf einen Tisch gelegt. Neben seine ausgestreckten Füße. In dicken Stiefeln, aus deren Fersen die Flügel ragten. Der Schlüsselbund zum Käfig hing dem Spiegelglatten mit einer Kordel um den Hals.

»Nur ein einziger Wächter!«, flüsterte Franka. »Und der schläft auch noch!«

»Ja«, sagte Kaspar leise. »Es rechnet niemand damit, dass jemand auf die Idee kommen könnte, Zwolle zu befreien!«

Im Käfig selber stand Zwolle. Mit dem Rücken zum Fliegenpilz. Als er jetzt Franka sah, wusste er nicht, was er denken sollte. Er sagte nichts, blieb leise, wartete ab, nickte Franka zu. Und Franka nickte zurück. Es gibt Hoffnung, dachte Zwolle.

Der Fliegenpilz ruhte im Glaskasten und rührte sich nicht. Es war tiefste Nacht. Wahrscheinlich schlief er. Die Augen jedenfalls waren geschlossen

Franka überlegte nicht lange. Sie kletterte auf den Tisch, wollte von dort aus vorsichtig die Kette mit den Schlüsseln über den Hals des Spiegelglatten ziehen … Aber leider wackelte der Tisch, kippte ein wenig vor, sodass die Beine des Spiegelglatten vom Tisch plumpsten.

Und der Spiegelglatte wachte auf.

»Wer ist das denn?«, polterte er.

Frankas Plan war gründlich in die Hose gegangen. Egal, dachte Franka: Man muss aus jeder Situation das Beste machen.

»Ich bin Franka! Die Tochter von Donna Brubu!«, war alles, was Franka einfiel. Kaspar surrte – immer noch als Fliege – neben ihr.

»Und was willst du hier?«

»Ich war bei der Verhandlung in der Arena.«

»Ja, und?«

»Ich … ich will mit Ihnen reden!«, sagte Franka und dachte wie wild darüber nach, was sie als Nächstes würde sagen können.

»Mit mir?«

»Ja!« Franka fiel etwas ein, ihre Miene erhellte sich. »Sehen Sie«, rief sie, »mein größter Wunsch, wissen Sie, ich will, also irgendwann mal, wenn ich erwachsen bin, dann möchte ich auch ein Spiegelglatter werden, als Beruf, genau wie Sie, und ich wollte Sie fragen, wie das geht und welche …«

»Ja, mitten in der Nacht? Ich glaub, es prasselt, Kleine. Sieh zu, dass du Luft gewinnst!«

»Nein!«, rief Franka, wild entschlossen. Sie stand vor dem Tisch, der Spiegelglatte saß immer noch. »Ich werde nicht gehen!«

»Wenn du nicht von allein abzischst, dann …«

»Pass auf, Dicker, ich hab das Streiten schon gelernt.«

Der Spiegelglatte brach in bleckendes Gewieher aus. »Du suchst Streit? Mit mir? Mit einem ausgewachsenen Luftpiraten? Du? Eine kleine Göre?«

»Glaubst du, ich hab Angst vor so einem Hampelmann wie dir? Ich kann dich zerblitzen wie eine Blechbüchse!«, rief Franka.

Kaspar surrte aufgeregt über Frankas Schulter. »Lass es!«, raunte er ihr ins Ohr. »Komm, wir gehen lieber! Wir denken uns was anderes aus. Du hast keine Chance gegen einen Spiegelglatten!«

Franka beachtete Kaspar nicht.

»Was glaubst denn du, wer du bist!«, rief der Spiegelglatte.

»Du Feigling!«, rief Franka, einer plötzlichen Eingebung folgend, wagemutig, aber vielleicht die einzige Chance, die sie hatte. »Nimm deine Augenklappe ab!«, donnerte sie.

»Andere Luftpiraten in geschlossenen Räumen anzublitzen ist eigentlich verboten!«, sagte der Spiegelglatte in halb enttäuschtem, halb polizeilich-sachlichem Tonfall.

»Du Schwachkopf hältst dich an Verbote!«, donnerte Franka. »Was bist du denn für einer? Wenn ich kämpfe, dann mit allen Mitteln! Erlaubt oder nicht!«

»Du wirst dich nicht trauen, mich anzublitzen! Bevor du blinzeln kannst, hab ich dich schon niedergestreckt!«

Im selben Augenblick griff Kaspar ins Geschehen ein. Er nahm all seinen Mut zusammen, wandelte sich in einen blauen Tiger und brüllte, so laut es ging. Der Spiegelglatte rief: »Was ist das denn!?« Franka aber nutzte die Verwirrung und schleuderte einen Blitz: mitten ins Gesicht des Spiegelglatten. Mit allem hätte der Spiegelglatte gerechnet, nur nicht damit, dass Franka es ernst meinen könnte. Er schrie auf und hielt sich die Wange unterm Auge. Dort brutzelte jetzt ein schwarzes Loch.

»Du Teufel!«, rief er, riss in seiner Wut die Augenklappe hoch und schickte einen mächtigen Blitz Richtung Franka. Ein gelber, großer, zackiger Riesenblitz! Wäre Franka getroffen worden, wäre sie sofort erschlagen dort gelegen. Tot! Ausgelöscht! Verkohlt! Ein schwarzes Häuflein. Doch es kam anders. Frankas geniale Idee! Denn genau in dem Augenblick, da der Agent zur Augenklappe griff, riss Franka den Helm des Spiegelglatten vom Tisch, und als der Spiegelglatte blitzte, vor Wut beinah blind, da hielt sich Franka den verspiegelten Helm als Schutz vor den Körper. Der Blitz des Agenten prallte direkt auf die Spiegelfläche. »Wenn man in einen Spiegel blitzt«, hatte Adiaba gesagt, »so kehrt der

Blitz dorthin zurück, von wo er gekommen ist: ins eigene Auge.« Franka nutzte ihre einzige Chance, einen Streit gegen einen ausgewachsenen Luftpiraten zu gewinnen. Der Blitz schnellte zurück zum Agenten, traf ihn mitten im Gesicht, der Spiegelglatte gab ein ploppendes Geräusch von sich, kippte hintenüber, einfach so, und dort blieb er reglos liegen.

Franka jubelte. »Ich hab ihn besiegt!«, rief sie. Für einen Moment vergaß sie, weshalb sie überhaupt hergekommen war. »Noch nie hat ein Luftpiratenkind einen Spiegelglatten erledigt. Ich, Franka Brubu, werde in die Geschichtsbücher der Stadt Ätheria, ach was, der Republik …«

»Franka!«, rief Kaspar und wandelte sich in seine Wolkenvogelgestalt.

»Was denn?« Franka kam zu sich.

»Wir müssen uns beeilen. Der ist nicht tot, der Spiegelglatte. In ein paar Stunden wird er wieder aufwachen.«

Franka nahm dem Spiegelglatten den Schlüsselbund ab. Dann sprang sie zum Käfig, sperrte ihn auf, befreite Zwolle, der mit großem Auge das Schauspiel verfolgt hatte. Und Franka fiel Zwolle kurz in die Arme. Sie hatte keine Ahnung, weshalb sie das tat. Und was das zu bedeuten hatte. Daher wich sie gleich wieder zurück. Irgendwie erschrocken. Über sich selbst.

»Dank dir!«, rief Zwolle.

»Jetzt aber!«, mahnte Kaspar.

»Kaspar!«, jubelte Zwolle und schmiegte seine Wange kurz in den fluffig-molligen Kaspar-Körper.

»Schon gut, schon gut«, sagte Kaspar.

Und dann flitzten sie los. Zurück ließen sie den bewusstlosen Spiegelglatten und den Fliegenpilz, der inzwischen aufgewacht war und jetzt im Glaskasten wie wahnsinnig hin- und herraste und immer wieder gegen die Scheiben sprang, weil er mit ansehen musste, wie seine Beute Reißaus nahm.

Im Luftloch Nummer 11 hatten Franka und Kaspar die Vorkehrungen für die Flucht bereits getroffen. Sie kleideten Zwolle neu ein: graues Hemd, grauer Umhang, graue Handschuhe, dazu zwei graue Tücher, eines wickelten sie ihm vom Kinn bis zur Nase, das andere von der Stirn über den Kopf. Zuletzt setzte Kaspar ihm eine Sonnenbrille über Auge und Augenklappe. »So, jetzt kann niemand sehen, wie weiß du bist!«

Ein dickes Seil war am Knauf der Außentür befestigt. Kaspar nahm das Seil. Und legte es sich um. Kaspar sah jetzt aus wie ein Pferd.

»Auf geht's!«, wieherte er.

Zu dritt zogen sie, stemmten sich mit allem, was sie hatten, gegen die schwere Tür und zerrten sie auf. Es dauerte eine Weile, aber endlich zeigte sich ein Spalt in der Tür. Herein brach – kein Licht, sondern: Finsternis.

»Was ist das?«, rief Franka.

Sie lugten hinaus.

»Das«, sagte Kaspar, »ist die Nacht.«

»Die Nacht?«

»Die dunkle Nacht.«

Die drei verließen das Luftloch.

Als sie draußen standen, hielten sie sich aneinander fest. Ja, es wehte ein Wind, aber nicht so stark, wie Adiaba es immer erzählt hatte. Keine Strömung, kein Wirbel, der sie mitriss. Eher ein laues Lüftchen. Über sich sahen sie ein Meer von fernen Lichtern.

»Sterne!«, sagte Kaspar.

»Und das?«, fragte Zwolle und wies auf eine große, runde Scheibe.

»Ist der Mond!«

»Wunderschön!«, sagte Zwolle.

Weder Franka noch Zwolle hatten jemals ein Luftloch von außen gesehen. Sie drehten sich neugierig um. Ja, für die Menschen auf der Erde sind die Luftlöcher unsichtbar mitsamt ihren Luftpiraten und all diesen Wesen in der Frischen-Luft. Nicht aber für Luftpiraten! Franka und Zwolle staunten, als sie jetzt von außen erstmals ein Luftloch sahen, nicht nur das Luftloch Nummer 11, auch die benachbarten Luftlöcher und die gesamte Stadt Ätheria im Hintergrund, kunstvolle Gebilde aus Luftmauern, ineinander, nebeneinander, übereinander gebaut, durch unterluftige Gänge miteinander verbunden und verschachtelt, und dort hinten? Ja, das musste die Kuppel des Luftschiffs sein! Dort drüben lag es, mächtig, das Luftschiff mit Peer Dekret an Bord!

Peer Dekret!, dachte Zwolle. Mein Gott! Peer Dekret würde toben! Er würde seine Häscher hinter ihnen herschicken! Die Spiegelglatten! Er würde nicht eher ruhen, bis er … In diesem Moment schloss Kaspar die Augen, blähte sich auf und wandelte sich in einen blauen Drachen. Leider nicht so groß wie ein ausgewachsener Drache, dachte Zwolle. Aber immerhin.

»Steigt auf!«, rief Kaspar. »Ein Drache kann schneller fliegen als der Wind! Worauf wartet ihr?«

Zwolle und Franka stiegen auf Kaspars Rücken. Franka zuerst. Dann Zwolle. Sie hielten sich beim Aufsteigen am flauschigen blauen Fell fest. Franka und Zwolle hatten das Gefühl, die Luft hier draußen schmecke viel besser als in den Luftlöchern. Sie sogen sie tief in die Lungenflügel.

»Ich fühl mich irgendwie frei!«, rief Franka.

Zwolle nickte strahlend.

»Und jetzt?«, fragte Franka. »Wohin?«

»Keine Ahnung«, sagte Zwolle.

Dann fasste er Mut, rückte näher zu Franka und hielt sich an ihr fest. Kaspar schnaubte und flog los. In eine unbekannte Welt hinein.

15

Professor Theo Rättich

Die Universitätsstadt Eboris liegt ungefähr neunzig Kilometer Luftlinie von Ätheria entfernt. Das ist nicht allzu weit weg. In Eboris leben und studieren die Luftpiraten-Studenten unter Leitung ihres Professors Doktor Doktor honoris aeria Theodor Rättich, Fachmann für Spezielle und Allgemeine Luftkunde. Als Luftpiratenphilosoph und strenger Denker kümmert er sich auch um die wirklich heiklen Fragen: Wo genau kommen Luftpiraten her? Warum und von wem werden Luftpakete mit den Kindern verschickt? Wie entstehen Luftlöcher? Meißelt sie jemand in die Luft? Oder wachsen sie von allein?

Professor Theo Rättich hatte für alles, was am Himmel geschah, eine Erklärung. Zum Beispiel die Urknall-Theorie. Woher kommen die Luftpakete mit Luftpiratenkindern? Ein Luftpaket, so Professor Rättich, entsteht dadurch, dass es aus dem Nichts einen Knall gibt, wuff, und dann ist das Paket einfach da. Rättich fand diese Theorie so gut, dass er sie auch auf viele andere Fragen anwandte. Die Luftlöcher? Sie entstehen dadurch, dass es aus dem Nichts einen großen Knall gibt, wuff, und dann sind die Luftlöcher einfach da. Die Lufttiere? Sie entstehen dadurch, dass es aus dem Nichts einen großen Knall gibt, wuff, und dann sind die Lufttiere einfach da. Die Theorie erwies sich als äußerst fruchtbar.

Theo Rättich entdeckte auch den Grund dafür, weshalb die Luftpiraten immer so schlecht gelaunt waren. Und immerzu streiten mussten. »Um herauszufinden«, schrieb Theo Rättich in seinem berühmten Buch *Von den Luftpiraten*, »weshalb Luftpiraten immer grollen und brüllen müssen, haben wir die Beschaffenheit der Luft unter die Lupe genommen. Dabei kamen wir zu dem Ergebnis, dass die Luft wie folgt zusammengesetzt ist: etwa 75% Stickstoff und etwa 25% Sauerstoff. Weiterhin fanden wir heraus, dass die Luft in den Luftlöchern der Luftpiraten ganz anders ist als die Luft außerhalb der Luftlöcher. Es wurde ermittelt, dass *in* den Luftlöchern der Stickstoff vollkommen fehlt! Die Luft besteht dort drinnen zu 100% aus Sauerstoff. Durch das Fehlen des Stickstoffs atmen die Luftpiraten permanent Sauerstoff ein. Allerreinsten Sauerstoff. Im Grunde genommen Sauerstoff pur. Von morgens bis abends. Also morgens Sauerstoff, mittags Sauerstoff, abends Sauerstoff, nachts Sauerstoff, zum Frühstück Sauerstoff, zum Mittagessen Sauerstoff, zum Abendessen Sauerstoff, zum Nachtmahl Sauerstoff, immer nur Sauerstoff, Sauerstoff, Sauerstoff! Und hier kommt unsere Schlussfolgerung: Aufgrund der permanenten Überdosis an Sauerstoff sind die Luftpiraten eben – *sauer*. Im Sinne von verärgert, schlecht drauf. Die müssen sich also ständig abreagieren, sprich, streiten, donnern, blitzen.«

Professor Theo Rättich saß an seinem Schreibtisch und schaute aus dem Fenster. An der Uni gab es viele Fenster. Im Unterschied zu den Luftlöchern gewöhnlicher Luftpiraten. Mit den Fenstern wollte die Universität zeigen, dass sie offen war für jeden neuen Gedanken. In letzter Zeit schaute Theo Rättich des Öfteren hinaus aus dem Fenster. Das Leben, dachte er dann, jaja, die Luft. Oho, dachte er. Manchmal dachte er auch gar nichts. Was ihn überraschte. Rättich genoss das Nichts-Tun und das Nichts-Denken immer mehr, je älter er wurde.

Da sah er plötzlich ein paar merkwürdige Gestalten durch den Morgenhimmel kreuzen. Sie schwebten in Richtung Universität: zwei Luftpiratenkinder (das sah Rättich daran, dass sie klein waren und keine Schlapphüte trugen) auf dem Rücken eines … eines was? Eines Drachen? Rättich sprang auf. Das konnte nicht sein! Er hutzelte durch die Gänge. Stürzte aus dem Portal. Surfte auf die Neuankömmlinge zu.

Zwolle und Franka hatten auf dem Rücken von Kaspar lange beratschlagt, um nicht zu sagen gestritten, dann aber gemeinsam beschlossen, dass es sinnvoll wäre, zunächst Zwolles Vater Adiaba zu befreien. Erst anschließend, mit Adiabas Hilfe, wollten sie nach Donna Brubu suchen. Das lag einfach daran, dass sie immerhin den Namen des Ortes kannten, an dem Adiaba sich aufhielt. Nun kannten sie zwar den *Namen* Tafelberg, hatten aber nicht die geringste Ahnung, wo dieser Tafelberg genau lag. Auch Kaspar wusste es nicht.

So hatten sie sich einfach auf den Weg gemacht und gehofft, sie würden unterwegs irgendjemanden finden, der ihnen weiterhelfen könnte. Tatsächlich trafen sie eine Windschleiche und fragten sie nach dem Weg. Auch die Windschleiche wusste nicht, wo der Tafelberg genau lag. »Aber«, sagte sie ihnen, »fliegt doch zur Universitätsstadt Eboris! Ganz in der Nähe! Die sind alle unglaublich klug dort. Die wissen bestimmt, wo der Tafelberg liegt!«

Die Windschleiche hatte ihnen den Weg nach Eboris beschrieben, und jetzt schwebten sie vor der Universität: ein riesiger Turm aus elfenbeinfarbener Luft, mit runden und ovalen Fenstern.

Plötzlich hutzelte jemand aus dem Gebäude heraus, hob beide Hände, als wolle er sagen: Bis hierhin und nicht weiter! Dann rief er: »Stopp! Stopp! Stopp!«

Kaspar blieb in der Luft stehen.

»Wer seid ihr? Was wollt ihr hier?«

Der Luftpirat, der sie anhielt, trug wie alle anderen Luftpiraten einen grauen Umhang und eine Augenklappe, sein Bart aber war höchst lang und reichte ihm bis zum Nabel, und sein Hut war kein Schlapphut, sondern lief nach oben hin spitz zu: wie der Hut eines Zauberers.

»Wir sind Reisende!«, antwortete Zwolle.

»Das sehe ich auch!«

»Ich heiße Zwolle. Das hier sind Franka und Kaspar.«

»Mein Name ist Theo Rättich«, entgegnete der Luftpirat. »Ich bin der Leiter der Universitätsstadt Eboris.«

»Wir hätten ein paar Fragen«, rief Franka.

»Fragen?«, sagte Rättich erfreut und vergaß einen Augenblick seine Aufgebrachtheit. Auch merkte er gerade, wie lange er schon nicht mehr draußen gewesen war, an der Frischen-Luft. Ihm war kalt, er wickelte sich fester in seinen Umhang. »Fragen sind immer gut. Schießt los.«

Theo Rättich war überaus friedfertig für einen Luftpiraten. Das kann man gut erklären: Rättich verfasste nicht nur andauernd eigene Streitschriften, er las auch immerzu fremde Streitschriften und bekämpfte sie. Dazu hielt er einen Disput nach dem anderen. Bei den Disputen ging es darum, seinen Gegner so wenig wie möglich zu Wort kommen zu lassen, sowie darum, ihn durch Geistesblitze zu blenden. Das alles erschöpfte den

Professor so sehr, dass er an den übrigen Stunden des Tages viel zu müde war, um noch richtig streiten zu können. Außerdem befand er sich bereits im hohen Alter von 76 Jahren.

»Wir wollen zum Tafelberg«, sagte Zwolle. »Wissen Sie, wo der liegt und … was das eigentlich genau ist?«

»Der Tafelberg«, ratterte Rättich sofort herunter, »lateinisch *Mensa*, ein Sternbild in der Nähe des südlichen Himmelspols, die Rektaszension – von der Erde aus betrachtet – beträgt 3h 12m 56s bis 7h 36m 52s, die Deklination 85° 15' 41" bis -69° 44' 48", die Fläche 153 deg^2, Rang 75 und …«

»Stopp«, sagte Zwolle, der kein einziges Wort verstand, »wir wollten eigentlich nur wissen, wie man da hinkommt.«

»Das ist leicht. Durch die Schleuse und die vier Sphären in den Weltraum. Ein Weltraumspaziergang. Bis zur Milchstraße, dann mit der Milchstraßenfähre rüber zur Magellanschen Wolke, schon seid ihr da.«

Zwolle schaute zuerst Franka und dann Kaspar an. Beide schüttelten den Kopf. Auch sie hatten nichts verstanden.

»Was wollt ihr denn dort?«, rief Theo Rättich. »Und warum wollt ihr dahin, wenn ihr gar nicht wisst, was der Tafelberg ist!? Im Tafelberg landen nur Verbrecher. Wo kommt ihr überhaupt her? Ihr seid ja noch Kinder!«

»Wir kommen aus Ätheria.«

»Warum seid ihr nicht in euren Luftlöchern?«

Zwolle, Kaspar und Franka wussten nicht, ob sie dem Luftpiraten hier vertrauen konnten. Und wollten daher vorsichtig sein. »Die Kinder hier sind auf einem Ausflug«, sagte Kaspar. »Kaspar ist der Aufpasser.«

»Der Drache … *spricht!*«, rief Rättich.

»Natürlich!«, sagte Kaspar und verwandelte sich zurück in seine ihm eigene Gestalt. »Ich bin ein Luftikus.«

»Ein Luftikus!?«, rief Theo Rättich. »Das ist ja wunderbar! Es gibt nur noch sieben Luftikusse in ganz Firmament!«

»Stimmt!«, rief Kaspar.

»Also, kommt doch rein, hier draußen ist es furchtbar kalt.«

Drinnen fragte Franka nach etwas Essbarem. Sie alle hatten die letzten zwei Tage nicht viel bekommen, nur hin und wieder ein paar Himmelbeeren gepflückt und einmal einen Fliegenden Fisch gefangen und im Feuer von Frankas rechtem Auge gegrillt. Jetzt wurden sie ausreichend versorgt. Das Essen schmeckte gut: Luftiger Wolkenschaum mit einem Hauch Sternhagel.

»Wo kommen eigentlich Luftikusse her?«, fragte Kaspar mit vollem Mund, um das Eis zu brechen.

»Luftikusse entstehen durch einen der vielen Urknälle«, erklärte Rättich. »Es gibt einen Knall aus dem Nichts, ganz plötzlich, wuff, und dann ist der Luftikus einfach da.«

»Aha. Und der Urknall? Kommt der von Gott?«

»Woher weißt du von Gott?«, fragte Theo Rättich.

»Keine Ahnung. Hab mal von ihm gehört«, sagte Kaspar.

»Na ja«, Theo Rättich dachte nach, »ich kenne da jemanden. Der hält sich für Gott. Eigentlich heißt er Charley Gottchen.«

Charley Gottchen? Zwolle zuckte zusammen. Wo hatte er den Namen schon mal gehört? Richtig! Bei der Verhandlung! Peer Dekret hatte sich über ihn lustig gemacht! Der Verteidiger, hatte Peer gesagt, heißt Charley Gottchen. Eine unsichtbare Stimme!

»Charley ist ein Verrückter, wie er im Buche steht«, fuhr Rättich jetzt fort. »Der schwirrt den ganzen Tag irgendwo rum und ruft: Ich bin groß, ich bin stark, ich bin allmächtig, ich bin einzigartig, es gibt niemanden neben mir, ihr macht euch kein Bild davon, wie ich aussehe, und so weiter. Der ist absolut größenwahnsinnig. Er ist aber nur eine Stimme. Eine Stimme ist ein Wesen, das man nicht sehen, sondern nur hören kann. Nicht nur für die Menschen ist eine Stimme unsichtbar, sondern auch für uns, für die Bewohner der Hochluft. Leider ist Charley Gottchen eine so hohe Stimme, dass ihr Schall manchmal bis zur Erde zu hören ist. Und die Menschen denken dann, Wunder was für ein bedeutender und mächtiger Kerl das ist. Na ja.«

Im Luftschiff hagelte es im selben Augenblick Flüche. Peer Dekret war außer sich. Er hatte soeben erfahren, dass Donna Brubus Tochter, die violetthaarige Göre namens Franka, Zwolle befreit hatte. Der vor ihm schwebende spiegelglatte Wächter blickte bedröppelt zu Boden. Er hatte sich von einem kleinen Kind aufs Kreuz legen lassen.

»Bring mir den Kugelblitz!«, rief Peer.

Der Spiegelglatte erbleichte. »Den … Kugelblitz?«, fragte er.

»Du hast richtig gehört!«

»Aber …«

»Bring ihn mir!«

Der Spiegelglatte verschwand zitternd. Bald darauf hörte Peer ihn hinter der Tür aufschreien. Die Tür öffnete sich wie von allein. Und herein schwebte eine runde, schwarz strahlende Kugel, so groß wie Peers Kopf. Peer rückte rasch seine Sonnenbrille zurecht. Die Kugel verbreitete eine überaus düstere Stimmung. Die Augen der Kugel waren kleine, nackte schwarze Löcher. Und hinter ihnen lauerte eine übel riechende, finstere Boshaftigkeit. Den Mund des Wesens konnte man nur erahnen, ein schmaler Strich, dem die Lippen fehlten.

»Zephyr!«, sagte Peer, ein wenig eingeschüchtert. »Ich habe eine Bitte an dich.«

Zephyr regte sich keinen Millimeter. Er hing würdevoll in der Luft.

»Ich brauche deine Hilfe«, fuhr Peer fort. »Es geht um einen Luftpiratenjungen und um ein Luftpiratenmädchen. Zwolle und Franka. Der Junge ist ein Weißer Luftpirat. Du weißt, was ein Weißer Luftpirat ist?«

Zephyr regte sich immer noch nicht.

»Hör zu!«, sagte Peer Dekret und erklärte es ihm alles in wenigen Sätzen. Dann sagte er: »Siehst du … Zephyr … Ich kann meine Spiegelglatten nicht schicken. Die haben keine Kontrolle über sich selbst. Ich brauche jemanden mit Selbstbeherrschung. Ich brauche jemanden wie dich! Bring sie mir zurück! Zephyr! Ich bitte dich!«

Der Mund des Kugelblitzes öffnete sich und formte ein erstes Wort. Peer konnte aber nicht hören, was der Kugelblitz sagte. Zephyrs Worte hatten keinen Klang, sondern – wie soll man das sagen? – eher einen Geruch. Peer Dekret musste den Sinn dieses Wortes, das Zephyr von sich gab, *erschnuppern*. Es war nur ein einziges Wort, das Peer roch. Ein holziges, modriges Wort. Es stank nach verwestem Fleisch. Es war eine Frage.

»Tot?«, lautete das widerliche Wort.

Peer schüttelte sich. »Nein, nein. Lebendig!«, rief er. »Ich habe meinen Luftpiraten ein Fest versprochen. Ein Hinrichtungsfest. Dazu brauche ich sie lebendig. Gestern sind Franka und Zwolle abgehauen. Ich denke, sie werden dem Vater des Weißen Luftpiraten folgen: Adiaba. Den haben wir zum Tafelberg geschickt.

Durch die Luftschleuse. Ins All. Dir ist noch nie jemand entkommen, Zephyr. Zephyr?«

Peer schaute zur Stelle, an der Zephyr bis vorhin geschwebt hatte, aber Zephyr war bereits verschwunden. Der Gestank seines einzigen Wortes hing immer noch in der Luft: »Tot?«

16

Die Elektromagnetische Turbo-Bahn

Nachdem die Gefährten aufgegessen hatten, rief Theo Rättich: »Leute! Jetzt verratet mir endlich, weshalb ihr unbedingt zum Tafelberg wollt!«

Zwolle druckste herum.

»Schluss jetzt!«, rief Franka.

»Was?«, fragte Zwolle.

»Schluss mit der Verstellung! Raus mit der Sprache!«

»Meinst du?«

»Ach, das ist ein alter Mann, dieser Rättich. Wenn der Zicken macht, dann puste ich den einfach um.«

»Also ich muss doch sehr bitten«, sagte Rättich.

»Wir wollen Zwolles Vater befreien«, sagte Franka. »Der ist verurteilt worden. Haft im Tafelberg. Üble Sache, das Ganze.«

»Was war denn der Grund für die Verurteilung?«, fragte Theo Rättich lauernd.

»Er hat …«, sagte Zwolle. »Sollen wir es ihm …?«

»Na los!«, rief Franka.

»Wir müssen ihm vertrauen!«, sagte Kaspar. »Er ist der Einzige, der uns helfen kann.«

Zwolle zog die Handschuhe aus und nahm Sonnenbrille und Tücher ab. Dann öffnete er den Umhang, schob die Ärmel seines Hemdes hoch und zeigte Rättich seine weiße Haut. »Ich bin ein Weißer Luftpirat!«, sagte Zwolle.

Rättich brauchte einige Zeit, um zu merken, dass sein eigener Mund offen stand.

»Mein Vater hat mich am Leben gelassen«, fuhr Zwolle fort.

»Er hätte ihn ertränken müssen«, sagte Kaspar.

»Und deshalb ist er verurteilt worden«, rief Franka wütend. »Weil er seinen Sohn am Leben gelassen hat! Das soll ein Verbrechen sein!? Jemanden *nicht zu töten!?*«

Rättich tastete vorsichtig Zwolles Arm ab. Er schwieg lange und dachte nach.

»Alles klar, Herr Rättich?«, fragte Zwolle irgendwann.

»Was? Ach so! Jaja! Einen Augenblick.«

Rättich tat jetzt etwas Merkwürdiges. Er nahm die Augenklappe seines rechten Auges ab. Franka ging bereits in Verteidigungsstellung, weil sie dachte, Rättich würde gleich losblitzen. Doch es geschah etwas vollkommen anderes. Theo Rättich hob seine Hand und fächelte dem frei liegenden rechten Auge ein wenig

Luft zu. Das Auge glomm, glühte, leuchtete, und das Leuchten bündelte sich zu einem kleinen Strahl, überaus hell, doch dieser Strahl wuchs nicht zum Blitz, sondern knickte ab, schlug einen minimalen Bogen, direkt in Rättichs linkes Auge. Und Rättich leuchtete nun von innen heraus. Es schien, als befeuere er mit dem Strahl seines rechten Auges neue Erkenntnisse oder alte Erinnerungen, es war, als lasse er Licht in seinen Kopf, in seine Gedanken. Dann war es plötzlich vorbei. Und Rättich schüttelte sich.

»Ein Weißer Luftpirat!«, rief er laut. Dann hustete er kurz und sagte: »Nur selten wird ein Weißer Luftpirat geboren. Alle Jubeljahre mal.«

»Das wissen wir!«, sagte Kaspar.

»Ja, diese Tatsache ist unbestreitbar. Wissenschaftlich abgesichert! Und ihr habt absolut Recht. Warum sollte man einen Weißen Luftpiraten töten? Ertränken? Sofort nach der Geburt? Das ist ein Skandal! Ein wissenschaftlicher Skandal! Nein, dein Vater hat richtig gehandelt. Ein Weißer Luftpirat ist ein Phänomen. Eine Erscheinung. Etwas ganz Besonderes! Man muss einen Weißen Luftpiraten erforschen! Man muss ihn studieren! Man kann ihn nicht einfach so töten! Das wäre ja eine Katastrophe! Das wäre nicht nur unluftpiratisch, sondern auch ein Schlag ins Gesicht eines jeden Wissenschaftlers und Forschers, dem es um alles geht, was auf der Welt kreucht und fleucht.«

Die Gefährten atmeten auf.

»Dann stehen Sie auf unserer Seite?«, fragte Zwolle.

»Auf jeden Fall!«, sagte Rättich.

»Kommen Sie doch mit uns, Herr Professor!«, rief Zwolle und war sofort selber begeistert von dieser Idee: In Begleitung eines erwachsenen und auch noch anscheinend überaus klugen Luftpiraten hatten sie sicher weit mehr Chancen, alle Abenteuer heil zu überstehen, die ihnen bevorstanden. »Sie«, sagte Zwolle zu Rättich, »zeigen uns den Weg zum Tafelberg! Und unterwegs können Sie mich ein bisschen … na ja … erforschen!?«

»Und Sie helfen uns, Adiaba zu befreien!«, rief Franka.

»Wer ist Adiaba?«, fragte Rättich.

»So heißt mein Vater!«, rief Zwolle.

Rättich konnte es immer noch nicht fassen. »Ein Weißer Luftpirat!«, rief er wieder. »Unglaublich! Ich habe jahrelang über das Phänomen eines Weißen Luftpiraten nachgedacht, studiert und philosophiert. Und allerhand Theorien aufgestellt. Und ich habe das einzige Buch gelesen, das jemals über Weiße Luftpiraten geschrieben wurde. Vom größten Denker aller Zeiten, einem alten Kriecher.«

»Was für einem Kriecher?«

»Einem alten Luftkriecher namens Aeristoteles.«

»Aber wie können Sie über Weiße Luftpiraten philosophieren«, fragte Kaspar, »wenn Sie noch nie einen Weißen Luftpiraten gesehen haben?«

»Gott«, sagte Rättich, »und den Urknall hat auch noch nie jemand gesehen. Trotzdem spricht alle Welt darüber. Aber jetzt«, nahm er den Faden wieder auf, »jetzt könnte ich meine Forschungen empirisch belegen!«

»Empi… Was?«, rief Franka.

»Ich könnte dich beobachten, Zwolle! Die ganze Zeit. Ich könnte dich fragen! Ich könnte alle meine Wissenslücken füllen! Mit dir und mit dem, was du mir sagst!«

»Das heißt, Sie begleiten uns?«, fragte Kaspar.

»Jawohl! Natürlich! Keine Frage! Das ist eine Riesengelegenheit für mich. Ich komme einfach mit! Ich mache es! Ich bringe euch zum Tafelberg! Alles im Namen der Wissenschaft! Man darf dich nicht töten, Zwolle! Du bist viel zu … wichtig … für die Forschung … äh … und auch sonst … natürlich … als Luftpiratenkind und so!«

»Na wunderbar!«, rief Kaspar und verwandelte sich zurück in einen Drachen. »Steigen Sie auf, Herr Professor. Auf meinem Drachenrücken haben auch drei Leute Platz!«

»Moment! Erst packen wir noch ein bisschen Proviant ein!«, rief Rättich. »Und alles, was man sonst noch so braucht auf der Reise ins Weltall.«

Nachdem sie drei Rucksäcke mit Wasser, Proviant, dem Buch von Aeristoteles und verschiedenen anderen Dingen gefüllt hatten, ging es los. Theo Rättich verließ das Gebäude, ohne dass seine Studenten etwas davon bemerkten. Er verabschiedete sich auch von niemandem. Sollten sie mal ruhig eine Zeit lang ohne ihn weitermachen.

Der Ausflug schien Theo Rättich mit neuen Lebensgeistern zu erfüllen. »Puh!«, rief er nach ein paar Hundert Metern. »Was für eine Luft hier! So kalt, frisch, eisklar. Vierzig Jahre habe ich nur Staub getrunken! Nur Bücher geschluckt! Hoch, Leute, jetzt geht's hoch!«

Er konnte sich nicht sattsehen an der Frischen-Luft. Als sie eine Herde versprengter Wolken überholten, erklärte Rättich: »Wolken sind im Grunde friedliche Nutztiere. Sie tragen schwer. An der Milch in ihren Bäuchen. Tag für Tag oder Nacht für Nacht schleppen sie ihre Milch in eine der Wolkereien. Dort werden die Wolken gemolken. Die Wolken produzieren aber viel zu viel Milch. Nur ein geringer Teil der Milch wird zu Wolkereiprodukten verarbeitet. Der Rest der Milch wird einfach weggeschüttet.«

»Wer melkt denn die Wolken?«, fragte Zwolle.

»Voll automatische Wolkenkratzer. Da! Dort drüben seht ihr eine Wolkerei!« Die Gefährten erblickten ein Gebäude in Form eines Euters, in einiger Ferne. »Die weißen Linien«, rief Rät-

tich, »sind die Milchbäche. Ihr wisst schon. Die Milch, die weggeschüttet wird. Die Bäche schlängeln hoch, vereinigen sich zu Flüssen und speisen die Milchstraße: den größten, längsten und breitesten Strom des Äthers.«

Um ins Weltall zu gelangen – so erfuhren Zwolle, Kaspar und Franka von Theo Rättich –, musste man zunächst durch eine der Luftschleusen. Die nächste Luftschleuse lag nur eine halbe Tagesreise weit entfernt. Um die Mittagszeit machten sie auf einer freundlich grasenden Cumulus-Wolke halt und stärkten sich. Am Abend erreichten sie endlich die Luftschleuse.

»Schaut mal! Da vorn!«, rief Kaspar und fauchte wie ein Drache.

Die Gefährten hutzelten näher. Vor ihnen lag eine Station, ähnlich wie die Station einer Seilbahn, rechteckig, nach oben und vorn offen, nach hinten geschlossen. Am Eingang der Station hing ein Schild:

Zur Elektromagnetischen Turbo-Bahn
Nur für geladene Gäste

»Wir müssen jetzt die Stratosphäre durchqueren!«, sagte Rättich. »Die Kälte wird von Kilometer zu Kilometer abnehmen. Es gibt jede Menge Strahlung. Auch die Elektromagnetische Turbo-Bahn besteht aus elektromagnetischer Strahlung. Seht ihr?«

Die vier betraten die Station und blickten nach oben. Ein knisternder Draht führte hinaus aus der Station, scheinbar ins Endlose des weiten Himmelshorizontes hinein: Funken sprühten ständig um den Draht herum und verhießen jede Menge Ladung.

»Und wie soll das funktionieren?«, fragte Kaspar.

»Wir klinken uns einfach ein.«

»In den Draht?«

»Ja. Und dann sausen wir mit der Turbo-Bahn in irrwitzigem Tempo durch die Stratosphäre nach oben, Richtung Weltall.«

»Wo ist denn der Draht überhaupt festgemacht?«, fragte Kaspar, der lieber auf Nummer sicher gehen wollte.

»Oben!«

»Oben?«

»Am Ziel!«, sagte Rättich.

»Aber wie?«

»Ihr müsst mir vertrauen.«

»Ich würde es lieber *verstehen*«, sagte Kaspar.

»Es gibt ein Problem«, sagte Rättich. »Wir Luftpiraten können die Turbo-Bahn ohne Mühe benutzen. Man braucht nur ein bisschen Elektrizität dafür. Und ihr wisst ja: Luftpiraten sind immer geladen! Die schaffen das locker.« Er wandte sich an Zwolle und Kaspar. »Aber ihr zwei! Ihr verfügt über keinerlei elektrische Ladung. Du, Zwolle, bist ein Weißer Luftpirat. Vollkommen leer. Und du, Kaspar, bist ein Luftikus. Ohne jeden Funken Elektrizität. Doch habe ich unterwegs darüber nachgedacht. Folgendes wäre mein Vorschlag: Wenn wir uns bei den Händen halten, sollte es gehen. Franka und ich haben genug Ladung für alle vier. Kaspar und Zwolle: Ihr zwei werdet durch uns elektrisiert und mit nach oben geschossen.«

»Aufgeladen wie eine leere Batterie?«, fragte Kaspar.

»Genau. Sag mal«, fragte Rättich Franka, »ich hoffe, du kannst schon ein bisschen blitzen?«

»Aber immer!«, rief Franka und blitzte ein paar Mal über Rättichs Kopf hinweg.

»Gut, gut, stopp, warte!«, rief Rättich. »Pass auf, Franka. Siehst du den Draht dort oben?«

»Ja, klar.«

»Meinst du, du kannst ihn mit einem Blitz treffen?«

Statt einer Antwort blitzte Franka sofort, verfehlte aber den Draht.

»Stopp!«, rief Theo Rättich. »Warte, warte! Es wäre ganz gut, wenn du mal antworten würdest auf meine Frage, anstatt … Ach egal. Also. Du versuchst es. Du nimmst Zwolle an die Hand.

Dann blitzt du. Wenn du den Draht triffst, sei nicht überrascht. Dein Blitz klinkt sich quasi in den Draht ein. Wie in eine Öse. Und du wirst sofort hochkatapultiert, du und Zwolle. Ich folge dir dann umgehend mit Kaspar.«

Franka nahm Zwolle bei der Hand. Die beiden schauten sich kurz an. Zwolle glaubte, ein leises Lächeln in Frankas Mundwinkel zu sehen.

»Alles klar?«, fragte sie.

Zwolle nickte.

Franka zielte, blitzte noch dreimal daneben, dann aber traf sie. Sofort spürten sie und Zwolle einen heftigen Ruck, Zwolle zitterte, als fließe jede Menge Strom durch seinen Körper. Dann aber erklang von oben ein merkwürdiges Geräusch, ein Klicken, und schon wurden Franka und Zwolle hochgerissen. In mörderischem Tempo. Der Aufwärts-Rutsch wurde von Sekunde zu Sekunde noch schneller, so schnell, dass Zwolle Hören und Sehen verging und er irgendwann die Augen schloss. Franka ging es nicht besser. Sie versuchte, ihre Angst zu übertünchen mit allerhand Gelächter und Gejohle, als befänden sich die beiden auf einer Achterbahn und das Ganze sei nichts als ein riesiger Spaß.

Die Turbo-Bahn endete in fünfzig Kilometern Höhe. Die Fahrt dauerte nur fünf Sekunden. Als sie ankamen, ließen Zwolle und Franka einander los. Und atmeten durch. Unmittelbar hinter ihnen erreichten auch Kaspar und Rättich das Ziel. Zwolle musste sich schütteln. Und dabei fiel ihm etwas aus dem rechten Auge. Direkt aus der Augenklappe heraus. Vor seine eigenen Füße. Dort zischte und glimmte es kurz, dann erlosch es.

»Was war das denn?«, rief er.

»Das«, sagte Rättich staunend, »war ein Blitzchen!«

»Ein Blitzchen? Aber ich kann doch gar nicht blitzen! Hat mein Vater gesagt!«

»Anscheinend kannst du es doch.« Rättich zückte sein Notizbuch und schrieb mit, während er weitersprach: »Weißer Luftpirat … wie eine leere Batterie … hochinteressant … aufgeladen … durch Fremdladung … spannend … tatsächlich … Erster Beweis für die Elektro-Tempestas-Theorie von Aeristoteles …«

»Was für'n Ding?«, fragte Franka.

Rättich beachtete die Frage nicht. »Und?«, rief er. »Kannst du noch einmal blitzen, Zwolle?«

Zwolle versuchte es, aber ohne Erfolg.

»Hochinteressant!«, rief Rättich.

Endlich ging die Reise weiter. Die Gefährten durchquerten noch drei weitere Sphären. Und unterwegs hörte Rättich nicht auf, Zwolle mit Fragen zu löchern. Ihn zu erforschen, wie er sagte.

»Hochinteressant!«, sagte Theo Rättich immer wieder und machte sich haufenwolkenweise Notizen.

17

Charley Gottchen

Ein paar Tage nachdem sie aufgebrochen waren, erreichten die Gefährten das Ufer der Milchstraße. Es war nachtdunkel dort. Und zwar die ganze Zeit. Nur die Sterne leuchteten. Unaufhörlich. Die Reisenden hatten jetzt ziemlich festen und schweren Boden unter den Flügelfüßen. Sie waren so weit ins Weltall vorgedrungen, dass der Sternenstaub für sie zu einem begehbaren Untergrund geworden war. Es gab hier sandige Hügel und wüstenähnliche Landschaften.

Die vier Gefährten setzten sich ans Ufer der Milchstraße und blickten gebannt auf das Schauspiel, das sich ihnen bot: Die Milchstraße ist vergleichbar den großen Wasserstraßen und Flüssen auf der Erde. Nur dass hier oben der Fluss nicht aus Wasser bestand, sondern aus Milch. Kaspar schleckte: Die Milch schmeckte sogar gut, ein bisschen säuerlich vielleicht. Die Milchstraße war so

breit, dass man das andere Ufer nicht erkennen konnte. Hin und wieder sprangen Milchfische in die Luft und landeten platschend im schäumenden Weiß.

»Wie geht's jetzt weiter?«, fragte Kaspar.

»Wir warten auf die Fähre«, sagte Rättich. »Alle zwei Tage kommt sie vorbei. Rüberschwimmen geht nicht. Zu breit, die Milchstraße. Außerdem gibt es fiese, fette Miranhas da drinnen. Denen wollen wir lieber nicht begegnen. Wir müssen mit der Fähre übersetzen. Dann sind's noch etwa drei Tagesmärsche bis zum Tafelberg.«

»Wieso denn eigentlich Märsche?«, fragte Kaspar.

»Die Menschen auf der Erde könnten hier oben fliegen. Wegen der Schwerelosigkeit. Bei uns Luftwesen ist es genau anders herum: Fliegen funktioniert nicht. Wir müssen gehen. Zu Fuß.«

»Sind Sie denn schon mal hier gewesen?«, fragte Franka.

»Nein.«

»Und woher wissen Sie das alles?«

»Na ja. Eben. Aus der … äh … Theorie. Ich weiß eigentlich alles immer nur rein theoretisch.«

Da hörten die vier plötzlich in ihrem Rücken eine quäkende Stimme: »Theorie, Sellerie, Wissen, Kissen, alles Quatsch mit Pfeffer, ihr habt keine Ahnung, nein, nein, die Fähre, Leute, die kommt schon in fünf Stunden hier an. Ich weiß es. Weil ich sie gesehen habe. Sehen ist Milch. Wissen ist Käse.«

Die Gefährten fuhren herum, sahen aber niemanden, der zu ihnen sprach.

»Was war das denn?«, rief Zwolle.

»Und *wer* war das??«, fügte Franka hinzu.

»Ich bin, der ich bin!«, flötete die Stimme singend.

»Charley?«, fragte Theo Rättich.

»Oh, Professor Rättich. Sie haben mich erkannt?«

»Natürlich.« Und zu den anderen sagte Rättich: »Das ist Charley Gottchen, ihr wisst schon, die unsichtbare Stimme!«

»Ich kann euch hören«, näselte Charley, »ich kann mit euch reden, ich kann euch sehen. Ihr könnt mich hören, ihr könnt mit mir reden, aber ihr könnt mich nicht sehen. Das ist der Unterschied.«

»Hab euch doch von ihm erzählt!«, raunte Rättich den anderen zu. »Charley Gottchen. Die Stimme. Ihr wisst schon. Unsichtbar. Bisschen verrückt. Hält sich selbst für Gott. Meistens jedenfalls ...«

»Mir geht's nicht so gut«, näselte Charley jetzt. »Immer diese Zweifel. Sagen Sie, Herr Professor. Meinen Sie, Sie können mir helfen? Wer bin ich denn, wenn ich mich selber nicht sehen kann? Wer bin ich denn, wenn die anderen mich nicht sehen können!? Ich bin ein Niemand. Ein Nichts.« Charley schluchzte auf.

»Nicht doch, Charley«, sagte Rättich. »Du bist der Größte. Du bist Charley. Charley Gottchen.«

»Schon allein dieser Name!« Und dann schüttete Charley sein Herz aus. »Ich bin zu nichts nutze. Ich kann nie jemandem helfen. Ich bin ein Versager. Wenn ich mich wenigstens sehen könnte! Aber nein! Ich kann mich nicht sehen! Ich kann mich nicht mal riechen! Nur hören kann ich mich! Das ist doch furchtbar! Entsetzlich!«

»Charley!«, log Theo Rättich. »*Ich* kann dich sehen!«

»Sie? Herr Professor? Wirklich?«

»Natürlich.«

»Und? Wie seh ich aus?«

»Das hab ich dir doch schon das letzte Mal gesagt.«

»Ist schon so lange her, dass ich bei Ihnen war, unten, an der Universität.«

»Also gut, Charley, du bist groß!«

Franka und Zwolle schauten sich die Augen aus dem Kopf. Sie sahen aber immer noch nichts und niemanden.

»Riesig?«, fragte Charley.

»Das allergrößte Wesen des Universums. Mister Universum sozusagen.«

»Wahnsinn!«

Von der Stimme ging ein Strahlen aus.

»Alle haben Angst vor dir«, fuhr Rättich fort.

»Das will ich hoffen!«

»Oder zumindest Respekt.«

»Und hab ich das alles hier erschaffen?«, fragte Charley.

»So weit das Auge reicht.«

»Bin ich allmächtig?«

»Natürlich.«

»Der Einzige? Der Stärkste?«

»Klar.«

»Ich hab immer alles im Griff?«

»Ja.«

»Ich weiß alles, kann alles, sehe alles?«

»Du sagst es.«

»Na, toll! Toll! Toll!!«

Die vier Gefährten konnten Charleys Grinsen förmlich hören.

»Charley Gottchen!«, rief Zwolle. »Warst du bei der Verhandlung?«

»Bei welcher Verhandlung?«, fragte Charley.

»In Ätheria. Gegen Adiaba und mich. Peer Dekret sagte, du bist unser Verteidiger.«

»Nö«, flötete Charley. »Da hat er gelogen, der Schuft. Mal wieder. Ekelhaft! Dekret! Dekret! Sekret! Sekret! Ich war nicht da. Tut mir leid! Wer ist denn dieser Adiaba?«

»Mein Vater«, erklärte Zwolle ihm. »Der Luftpiratenlehrer von Ätheria. Er ist verhaftet worden. Man hat ihn zum Tafelberg gebracht.«

»Ach so. Den habe ich gesehen. Vor zwei Tagen ist er hier in die Fähre gestiegen. Von der Sphäre in die Fähre. Haha! 'tschuldigung. Ist 'ne ernste Sache. Denn dem ging's nicht so gut. Dem Adiaba. Deinem Vater. Da waren zwei Spiegelglatte bei ihm. Die drei spazierten vom anderen Ufer aus Richtung Tafelberg.«

»Das war er!«, rief Zwolle.

»Sag mal«, meinte Franka, »wenn du so viel weißt, Charley Gottchen, hast du vielleicht eine Ahnung, wo meine Mutter stecken könnte?«

»Wer ist denn deine Mutter?«, fragte Charley.

»Donna Brubu, eine Luftpiratin.«

»Und wie sieht sie aus?«

Franka beschrieb sie ihm.

»Nö, keine Ahnung, aber wenn ich sie sehe, lass ich es dich wissen.«

»Wieso kann eine Stimme eigentlich etwas sehen?«, fragte Kaspar. »Hat eine unsichtbare Stimme denn Augen?«

»Das ist eine sehr gute Frage!«, rief Charley quengelnd. »Endlich mal eine richtig gute Frage.«

»Und? Wie lautet die Antwort?«, fragte Kaspar.

»Keine Ahnung«, sagte Charley. »Ich sehe eben. So ist es!«

»Na toll«, grummelte Kaspar.

»Kommst du mit uns, Charley?«, fragte Theo Rättich.

»Wohin?«

»Zum Tafelberg. Um Adiaba zu befreien.«

»Warum sollte ich das tun?«

»Um uns zu helfen!«, rief Franka plötzlich. »Adiaba ist unschuldig. Er hat nichts verbrochen. Alles, was er getan hat, war, einen Weißen Luftpiraten zu verschonen.«

»Was? Wen?«

»Unseren Zwolle hier! Er ist ein Weißer Luftpirat.«

»Ehrlich?«

Zwolle nahm die Sonnenbrille ab und lockerte eines seiner Kopftücher.

»Uff!«, keuchte Charley.

»Und«, rief Franka wieder, »es ist doch wunderbar, dass Adiaba ihn verschont hat. Zwolle ist ein sehr liebensw…« In diesem Augenblick erschrak Franka über ihre eigenen Worte. Dann wurde sie rot und schwieg.

»Ich komme mit!«, sagte Charley.

»Danke!«, rief Theo.

»Ein jedes Lebewesen unter meinem Himmel«, sagte Charley plötzlich ernst und feierlich, »hat das Recht zu leben.«

Die Gefährten strahlten.

»Und endlich bin ich mal zu irgendwas nutze, oder nicht?«

»Aber woher wissen wir, dass du da bist?«, fragte Kaspar jetzt.

»Hm. Solange ihr mich hört, bin ich da«, antwortete Charley. »Also wird es am besten sein, wenn ich rede. Rede! Rede! Pausenlos! Die ganze Zeit! Juchee! Kennt ihr die Geschichte von dem wilden Muskel, der den Arm seines Luftpiraten verlassen wollte, weil er sich so groß und stark fühlte, dass er …«

»Charley, bitte, du willst doch jetzt nicht die ganze Zeit über reden, oder?«, fragte Rättich.

»Aber klar doch!«, sagte Charley. »Ich bin eine Stimme! Was soll eine Stimme sonst schon tun als reden, reden, reden …«

»Eine Stimme kann doch auch schweigen, oder nicht?«, fragte Kaspar.

»Ja schon«, entgegnete Charley, »aber das Schweigen ist irgendwie traurig, Leute. Entsetzlich traurig. Und wenn ihr mich nicht mehr hört, dann wisst ihr nie: Bin ich vielleicht noch da? Oder bin ich vielleicht schon weg? Fliege ich vielleicht voraus? Bleibe ich vielleicht hier? Ja, ich fliege schneller, als du denken kannst, Theo. Aber gut, wenn ihr wollt, dann schweige ich. Bitte schön.

Das habt ihr nun davon!«, quengelte Charley, ein wenig beleidigt, wie es schien.

»So habe ich das nicht gemeint, Charley!«, rief Theo.

Charley schwieg.

»Charley? Charley? Bist du noch da?«

Charley antwortete nicht.

»Hm«, machte Rättich.

Sie wussten tatsächlich nicht: War er noch da? Oder schon auf dem Weg zum Tafelberg?

»Wieso kann Charley denn fliegen hier oben?«, fragte Zwolle.

»Er ist kein Luftwesen wie wir«, sagte Rättich, »sondern ein Hauch-und-Geist-Wesen.«

»Schaut mal!«, rief Kaspar. »Dahinten kommt die Fähre!«

»Charley?«, rief Rättich noch ein letztes Mal. »Komm schon! Melde dich!«

Aber Charley Gottchen gab keine Antwort mehr.

18

Der Ochsentreiber am Tafelberg

Etwa zur selben Zeit erreichte der gefangene Amadäus Adiaba mit den beiden Spiegelglatten den Tafelberg: ein düsteres Gebirge, das sich hoch über dem Sternenstaub erhob. Mehrere Wege führten ins Gebirge hinein, überall gab es Stollen, die man in den Berg gegraben oder geschlagen hatte. Unten, am Fuß des Tafelbergs, stand eine Hütte. Aber die Hütte war nicht etwa klein und schäbig wie eine gewöhnliche Hütte, sondern sehr, sehr groß und sehr, sehr schäbig.

Die beiden Spiegelglatten setzten Adiaba ab. Sie standen jetzt vor der schiefen, hässlichen, braunen Tür der Hütte und schauten sich an.

»Mach du!«, sagte der eine Spiegelglatte.

»Nein, du!«, entgegnete der andere.

Beide bibberten ein bisschen.

»Also dann zusammen?«, fragte der eine.

»Zusammen, in Ordnung.«

Sie traten vor und hoben ihre Hände und klopften gegen die Tür.

Dann schluckten sie und traten einen Schritt zurück.

Von drinnen ertönte ein lautes Murren.

Jemand erhob sich mühselig. Und näherte sich langsam der Tür. Die Schritte des Wesens in der Hütte klangen schwer und platschend. Das musste ein riesengroßer Kerl sein. Und je näher die Schritte kamen, umso bestialischer stank es. Bis nach draußen! Durch die verschlossene Tür hindurch! Ein widerlicher Gestank! Nach Unrat, Pest und Schweiß. Ja, vor allem nach ekelhaftem Schweiß. Als hätte derjenige, der nur ganz langsam, Schritt für Schritt, näher kam, sich seit zwanzig Jahren nicht mehr gewaschen. Oder noch nie! Die Spiegelglatten hielten sich die Nasen zu. Dann sprang die Tür auf. Heraus trat – der Ochsentreiber: der einzige Wächter des Tafelbergs.

Wenn man ihn sah, wusste man, weshalb er der *einzige* Wächter des Tafelbergs war. Ganz einfach: Man brauchte sonst niemanden! Denn der Ochsentreiber war erheblich größer als die Spiegelglatten und Adiaba, ein wahrer Riese, ein Hüne mit muskulösem, nacktem, verschmutztem Oberkörper, mit einem zerfetzten Lendenschurz, einem großen Knüppel über der Schulter und einem Schlüsselbund um den Hals, der ihm auf die nackte Brust baumelte. Seine Beine wirkten wie Baumstämme, dazu diese verschlammten schwarzen, nassen Füße ohne Flügel, gigantische Füße waren das! Der Riese trug kein einziges Haar auf dem zerschundenen Kopf, aber einen rauschenden, von Essensresten und Schmutz starrenden Bart, der bis zum Bauchnabel hinabwallte. Die Augen des Ochsentreibers aber schimmerten eher dumpf und matt. Als läge auch über den Augen eine Schicht Dreck.

In aller Ruhe schaute der Ochsentreiber sich die drei an, dann sagte er zu den Agenten: »Was wollt ihr spiegelglatten Kröten!?«

Das Seltsame war: Der Riese sprach ganz und gar nicht laut, wie man es bei seiner Gestalt hätte vermuten können, sondern seltsam leise, und seine stille Stimme wirkte ebenso unnatürlich wie unheimlich.

»Wir kommen aus Ätheria«, stotterte einer der Spiegelglatten. »Hier … hier, Herr Ochsentreiber! Peer Dekret schickt uns. Hier … sind die … unsere … Papiere. Vorschrifts… Alles vorschriftsmäßig. Wir haben keine Fehler gema… ma… macht. Der neue Gefangene heißt Doktor Amadäus A-A-Adiaba, der Lehrer …«

»Weswegen ist er hier?«

»Wegen … unerlaubter Aufzucht … eines Weißen Luftpiraten …«

Der riesige Ochsentreiber zuckte zusammen. »Eines was?«

»Eines Weißen Luftpiraten.«

»Das ist unmöglich!«, raunte der Ochsentreiber, als wäre er heiser. »Das kann nicht sein. Das ist noch nie geschehen während meiner Wacht am Tafelberg.« Der Ochsentreiber warf einen Blick auf die Papiere, steckte sie dann ins Maul und fraß sie nachdenklich auf.

Die Spiegelglatten und Adiaba erschauerten.

»Wo steckt der Weiße jetzt?«, fragte der Ochsentreiber, als er die Papiere verschluckt hatte.

»In Ätheria!«, sagte ein Spiegelglatter. »Man hat ihn gefangen.«

Die Agenten wussten ja nichts davon, dass Zwolle längst von Franka und Kaspar befreit worden war.

»Gut, gut!«, flüsterte der Ochsentreiber und stützte sich auf seinen schweren Knüppel, an dem – Adiaba sah es jetzt erst – Blut klebte und Fetzen von Haut.

»Wahrscheinlich ist er schon hingerichtet worden«, sagte der zweite Spiegelglatte.

»Gut, gut!«, sagte der Ochsentreiber wieder. »Das will ich hoffen! Verschwindet jetzt. Und lasst den Kerl hier!«

Die Agenten ließen sich das nicht zweimal sagen. Sie stießen Adiaba in Richtung des Ochsentreibers, drehten sich um und liefen über den Sternenstaub davon.

»Die brauchst du hier nicht«, sagte der Ochsentreiber zu Adiaba und riss ihm die Augenklappe ab. Adiaba versuchte sofort zu blitzen, aber der Ochsentreiber lachte nur schwach. »Funkloch!«, rief er. »Kein Luftpirat kann hier oben blitzen! Hältst du mich für blöd, oder was? Und die hier, Adiaba, brauchst du auch nicht mehr!«, flüsterte der Ochsentreiber und befreite Adiaba mit einem Ruck von den Fesseln. »Denn«, fuhr der Ochsentreiber fort, »fliehen kannst du nicht. Ich meine: Versuch es ruhig! Aber du wirst mir nicht entkommen. Fliegen ist unmöglich hier. Der schwerelose Sternenstaub drückt dich zurück auf den Boden. Du müsstest laufen, Adiaba. Und nur ich, der Ochsentreiber, der Bärenhüter, der Wächter des Tafelbergs, der Fluch der Gefangenen, nur ich weiß, wie man auf dem schweren Sternenstaub schneller vorankommt als der Wind. Und ich habe die Erlaubnis, jeden fliehenden Gefangenen zu töten. Und weil ich so gerne andere Wesen töte, Adiaba – nichts tue ich lieber! –, so würdest du mir einen großen Gefallen tun, wenn du zu fliehen versuchst. Einholen werd ich dich auf jeden Fall. Und dir die Kehle zudrücken!«

Dann packte der Ochsentreiber seinen Gefangenen, warf ihn sich einfach so über die Schulter, als sei der große Luftpirat nur ein Sack Federn, und trug ihn in die Hütte.

Alles war schummrig. Neben einem stattlichen Bett stand ein überdimensionales Fass. Am Tisch in der Mitte stand nur ein riesiger Stuhl. Der Ochsentreiber lehnte den Knüppel an die Wand und schob den schweren Tisch spielerisch beiseite. Im Boden unter dem Tisch befand sich eine Luke mit eisernem Griff. Der Ochsentreiber öffnete die Luke, eine Leiter führte in nachtschwarze

Dunkelheit. Adiaba wurde gepackt und hinabgestoßen. Er klammerte sich gerade noch so an den großen Sprossen der Leiter fest und hangelte sich nach unten. Der Ochsentreiber folgte ihm.

Unten schob er Adiaba weiter voran, durch einen spärlich beleuchteten Gang, von dem alle paar Schritte eine Zelle abging. Der Ochsentreiber öffnete eine leere Zelle mit einem seiner Umhänge-Schlüssel und schubste Adiaba hinein. Entsetzliche Geräusche drangen aus den Nebenzellen: ein Wimmern und Weinen, ein Schluchzen und Heulen.

In Adiabas Zelle befand sich nur ein Loch für den Unrat und ein Stuhl. Kein Fenster. Dazu das Gitter und drei Wände aus Sternstaub-Beton. Der Ochsentreiber sperrte ab und stapfte wortlos von dannen. Adiabas Herz klopfte laut. Er lauschte den Schreien der anderen Gefangenen, hockte sich in die Ecke der Zelle und schluchzte. Adiaba dachte: Hier komme ich nie wieder raus. Und Zwolle ist tot! Mein Zwolle, mein Sohn. Alles verloren. Dachte Adiaba. Er machte die ganze Nacht kein Auge zu.

Am nächsten Morgen, ganz früh noch, sprang die Tür wieder auf, und der Ochsentreiber trat herein. Unsanft drückte der Koloss Adiaba zu Boden. Adiaba wehrte sich nicht. Er hatte nicht den Hauch einer Chance gegen diese Urgewalt. Der Ochsentreiber schob Adiabas Ärmel hoch und stieß die Nadel einer dicken Spritze in Adiabas graue Haut. »Ein Beruhigungsmittel«, sagte der Hüne. »Damit ihr Luftpiraten ruhig und friedlich bleibt und keine Scherereien macht. Wir wollen doch nicht donnern, brüllen und streiten hier oben am Himmel, oder was?«

Adiaba blickte zum Ochsentreiber. Diese Glatze, dieser lockige Bart und dieser fette Knüppel, jetzt ans Gitter gelehnt, er trug immer noch – wahrscheinlich seit Ewigkeiten – diesen dreckigen Lendenschurz, seine Muskeln pulsierten wie kleine Gebirge unter der Haut, die schwarzen, platschenden Füße stanken fürchterlich, aber eigentlich stank alles an dem Kerl. Er sagte »Komm mit!«, drehte sich um und ging voraus.

Die Droge zeigte Wirkung: Adiaba folgte dem Ochsentreiber seltsam friedlich und taumelnd. Es ging ins Freie und dann einen Weg aus gelbem Sand entlang. Adiaba versuchte zu fliegen, aber es gelang ihm nicht. Seine Flügelfüße blieben auf dem Boden. Der Ochsentreiber hatte recht. Hintereinander stapften sie Richtung Tafelberg, der Ochsentreiber blickte sich nicht zu Adiaba um. Er war sich sicher, dass der Gefangene ihm folgen würde – aus Angst.

Jetzt sah Adiaba die übrigen Luftpiraten. Sie alle trugen keine Augenklappen. Viele Gefangene gab es hier nicht. Adiaba zählte neun, die dort draußen am Fuß des Tafelbergs in Reih und Glied auf den Ochsentreiber warteten. Der pfiff jetzt scharf und laut. Alle Luftpiraten bückten sich und ergriffen eine Spitzhacke. Auch Adiaba nahm eine, die für ihn bereitlag. In einer langen Reihe marschierten sie los, immer höher ins Gebirge hinauf. Die Steine, über die sie gingen, waren scharfkantig und spitz, Adiaba zuckte mehrmals zusammen vor Schmerz an den Flügelfüßen. Die übrigen Gefangenen schienen sich daran gewöhnt zu haben.

Nach einiger Zeit bogen die Gefangenen in einen rechteckigen Stollen, in dem es zahllose kleinere Nischen gab. Jeder der gefangenen Luftpiraten ging wie fremdgelenkt an einen Platz, der wohl für ihn bestimmt war. Der Ochsentreiber wies Adiaba eine freie Nische zu und sagte nur: »Losschlagen!« Dann entfernte er sich.

Adiaba schaute kurz den übrigen Piraten zu, die mechanisch ihre Spitzhacken gegen die Steine des Stollens schlugen. Dann hob er seine eigene Spitzhacke und schlug kräftig zu. Doch seine Schläge verpufften. Er hämmerte auf die Stelle ein, die ihm der Ochsentreiber gezeigt hatte, aber kein noch so winziges Steinchen löste sich, kein Staubkrümelchen bröckelte heraus. Es war zum Verzweifeln. Den übrigen Gefangenen erging es genauso. Nichts. Vollkommen sinnlos, das Ganze.

Nach ein paar Stunden konnte Adiaba nicht mehr. Er wollte eine Pause machen und sich hinsetzen. Doch da hörte er den Schrei des Luftpiraten, der in der Nische neben ihm stand: »Um Himmels willen! Nicht hinsetzen! Sonst werden wir alle bestraft!«

»Aber der Ochsentreiber ist doch gar nicht mehr da!«, rief Adiaba.

»Der Ochsentreiber sieht alles!«, flüsterte der Gefangene und hieb noch schneller auf das Gestein ein, als wolle er den Rückstand aufholen, der durch das kurze Gespräch entstanden war.

Auch Adiaba arbeitete weiter. Als er beinah keine Kraft mehr hatte, am Ende des Tages, ertönte eine Sirene. Der Luftpirat neben ihm hörte sofort auf zu arbeiten. Er stieg nach unten. Adiaba folgte ihm. Als der Ochsentreiber erschien, standen schon alle übrigen Luftpiraten in einer Reihe. Am Fuß des Berges. Sie zitterten. Adiaba auch.

»Abmarsch!«, flüsterte der Ochsentreiber.

Die Luftpiraten legten die Spitzhacken auf den Boden und marschierten los. Zur Hütte des Wächters. Hinter der Hütte stand ein Brunnen. Dort durften die Gefangenen endlich etwas trinken und ihren unglaublichen Durst löschen. Hunger verspürte Adiaba keinen. Zurück in seiner Zelle, legte sich Adiaba vollkommen erschöpft auf den Boden. Immer noch wirkte das Mittel, das der Ochsentreiber ihm gespritzt hatte. Für Angst oder Trauer oder für irgendeinen sinnvollen Gedanken war Adiaba jetzt viel zu müde.

Kurz bevor er einschlief, hörte er auch noch eine Stimme, eine quäkende, näselnde Stimme, die ihm sagte: »Kopf hoch! Alles halb so wild, Adiaba! Rettung naht, Zwolle ist unterwegs, gemeinsam mit dem Luftikus Kaspar und Professor Theo Rättich und Franka, der Tochter von Donna Brubu! Und ich bin auch noch da! Charley Gottchen! Also: Halte durch, Adiaba!«

Doch Adiaba verscheuchte die – wie er dachte – innere Stimme, indem er sich die Ohren zuhielt und sich zuflüsterte: »Ich muss die Ruhe bewahren. Ich darf nicht den Verstand verlieren. Ich darf keine Stimmen hören! Wenn ich hier drinnen verrückt werde, ist alles verloren. Ich muss mit den anderen Luftpiraten reden. Morgen schon. Es muss einen Ausweg geben!«

Die Fahrt mit der Fähre verlief für Kaspar, Franka, Zwolle und Rättich ohne Zwischenfälle. Lediglich ein heruntergekommener Typ mit Flügeln auf dem Rücken näherte sich den Gefährten und fragte: »Habt ihr mal 'ne Schnuppe für mich?«

Sie schüttelten den Kopf.

Am anderen Ufer stiegen sie aus.

»Darf man hier blitzen?«, rief Franka. »Oder donnern? Ich halt das nicht mehr aus. Ich muss endlich mal Luft ablassen!«

»Ruhig Blut!«, sagte Rättich. »Wenn du hier blitzt, kann das meilenweit gesehen werden. Wir müssen die Füße still halten. Und das Auge auch.«

Franka grummelte.

Weiter ging es.

Ihre Flügelfüße taugten hier oben tatsächlich nur noch zum Laufen. Auch Kaspar trottete nebenher.

Sie marschierten mühsam durch den Sternenstaub. Wenn man ihn in die Hand nahm, pulverte er sanft durch die Finger und hinterließ eine glitzernde Spur. Immer wieder sahen die Gefährten am Wegrand Felsen oder Geröllhaufen.

»Das sind Stücke von Asteroiden!«, sagte Theo Rättich. »Abgekühlt. Ungefährlich. Bieten Schutz vor Sternenstürmen. Die gibt's hier oben manchmal.«

In der Nacht legten sich die Gefährten hinter einen solchen Felsen und schliefen ruhig, wobei ein müder Wind sie sanft mit Sternenstaub überzog. Das war ein Glück. Denn auf diese Weise waren sie kaum zu erkennen. Sie hatten sich der Landschaft nahtlos angepasst.

Ansonsten wären sie bestimmt von den beiden Spiegelglatten überrascht worden, die Adiaba zum Tafelberg gebracht hatten. Die befanden sich auf dem Rückweg. Kaspar hörte sie als Erster. Er weckte die Gefährten. Alle blieben hinter dem Asteroidenbrocken liegen und rührten sich nicht.

Als die Agenten auf der anderen Seite vorbeigingen, sagte der eine zum anderen: »Mir ist immer noch schlecht!«

»Dieser Gestank!«, sagte der andere. »Ich krieg ihn nicht aus der Nase.«

»Diese Größe!«

»Wenn der einen anschaut, der Ochsentreiber …«

»Fürchterlich!«

»Ich hab ja schon viel gesehen, aber so was! Brrr!«

Und dann waren sie verschwunden.

»Von wem haben die gesprochen?«, fragte Franka.

»Das wollt ihr nicht wirklich wissen«, sagte Rättich.

»Doch!!«, rief Franka.

»Der Wächter am Tafelberg ist ein Riese, er heißt *Ochsentreiber*, und er ist der einzige Wächter dort. Ein Kerl, der keine Gnade kennt.«

Franka rief: »Ach was! Mit dem werd ich schon fertig!«

»Psst!«, machte Rättich. »Still jetzt!«

Doch Franka klopfte sich den Sternenstaub aus ihrem Umhang und aus den violetten Haaren, sie hüpfte ein paarmal hoch, boxte gegen einen unsichtbaren Gegner und sagte immer wieder: »Komm doch her, du Ochsentreiber! Egal, wie groß du bist, gegen Franka Brubu hast du keine Chance!«

Rättich seufzte.

Am Abend erreichten die vier endlich ihr Ziel. Sie hatten schon von ferne die Ausläufer des Tafelbergs gesehen. Jetzt erklommen sie einen Hügel in der Nähe und blickten sich um. Auf der linken Seite unter ihnen lag die riesige Hütte des Ochsentreibers. Auf der rechten Seite führte ein breiter Weg in den Tafelberg hinein. Zwischen Hütte und Weg gab es einen freien Platz: Auf dem Boden lagen zehn Spitzhacken, in Reih und Glied.

»Und jetzt?«, sagte Franka. »Am besten, wir schlagen gleich zu! Rein in die Hütte, Blitz frei, nieder mit dem Ochsentreiber! Los!«

»Stopp!«, rief Rättich. »Warte! So einfach geht das nicht, Franka! Dem fetten Ochsentreiber würden unsere Blitze wahrscheinlich nicht viel ausmachen. Er ist zu groß. Zu stark.«

Plötzlich ertönte Charley Gottchens näselnde Stimme. »Wer ist hier groß? Wer ist hier stark? Mensch, Leute, da seid ihr ja endlich, habt aber lange gebraucht, ihr Schnarchnasen!«

»Charley? Wieder da?«, rief Zwolle.

»Stimmen fliegen schneller als der Schall, das heißt, eigentlich sind Stimmen Schall, aber Moment, das heißt ja, Stimmen fliegen exakt in Schallgeschwindigkeit, oder was? Das ist verdammt schnell! Wenn Stimmen aber still sind, können sie dann noch schneller fliegen als der Schall? Hm, da muss ich drüber nachdenken. Egal. Ich, ich, ich bin allgegenwärtig«, rief Charley. »Ich bin der Größte, der Einzige, ich bin hier, um euch zu helfen. Ohne mich hättet ihr keine Chance auf Rettung und ohne mich …«

»Schon gut, Charley!«, unterbrach ihn Rättich. »Also: Was ist los?«

»Ich war bei Adiaba!«, sagte Charley.

»Bei Papa?«, rief Zwolle.

»Ja, es ging ihm nicht gut. Ich hab alles hier genau beobachtet. Während ihr unterwegs wart. Ich bin vorausgezwitschert. Ich habe alle Informationen. Was wollt ihr wissen? Die Schlüssel für die Zellen? Trägt der Ochsentreiber um den Hals. Tag und Nacht. Morgens um vier steht der Ochsentreiber auf. Geht zu den Zellen. Mit den Gefangenen. Er hat zehn Spritzen dabei. Spritzt den Luftpiraten Beruhigungsmittel. Damit sie nicht wütend werden können. Dann führt er die Gefangenen zum Tafelberg. Der Ochsentreiber muss die Gefangenen nicht mal fesseln! Oder bewachen. Die Gefangenen scheinen eine irre Angst vor ihm zu haben. Aber was ist schon der Wächter des Tafelbergs gegen mich, gegen Charley Gottchen? Er mag ein Wächter sein, aber ich bin härter als jeder Wächter, ich werde ihn …«

»Charley«, fragte Rättich, »was weißt du sonst noch?«

»Die Gefangenen bekommen nach der Arbeit ein paar Hände Luftreis. Und Wasser. Erst am Abend. Es gibt da einen Brunnen, der …«

»Einen Brunnen? Wo?«, fragte Kaspar. »Ich sehe keinen!«

»Hinter der Hütte.«

»Und die Spritzen? Mit dem Beruhigungsmittel? Wo liegen die?«

»In der Hütte des Wächters.«

»Und wie wollen wir Adiaba jetzt raushauen?«, fragte Franka.

Alle grübelten fieberhaft. Es schien schwierig, die Gefangenen zu befreien. Wenn nicht unmöglich.

Irgendwann aber hellte sich Kaspars Miene auf. Der Luftikus plusterte sich. »Also gut!«, sagte er. »Ich hab eine Idee!«

»Welche?«, rief Franka.

»Die anderen Luftpiraten müssen uns helfen! Sonst haben wir keine Chance. Wir brauchen ihre Blitze! Ihre Wut! Wir müssen verhindern, dass der Ochsentreiber ihnen die Spritzen gibt!«

»Gute Idee!«, rief Rättich. »Aber wie wollen wir das verhindern?«

»Wir tauschen einfach das Beruhigungsmittel in den Spritzen aus! Gegen Wasser! Aus dem Brunnen!«

»Los geht's!«, rief Franka und sprang auf.

»Langsam!«, sagte Rättich. »Wie genau stellst du dir das vor, Kaspar?«

»Einer von uns geht in die Hütte«, sagte Kaspar.

»Zum Ochsentreiber!?«, rief Rättich.

»Wenn er schläft!«

»Und dann?«

»Stibitzt er die Spritzen.«

»Wie lange schläft denn der Ochsentreiber?«

»Bis um vier Uhr morgens!«, näselte Charley. »Hab ich doch schon gesagt! Hört mir eigentlich jemand zu?«

»Das ist schon in zwei Stunden!«, rief Franka.

»Ich mach's!«, sagte Zwolle plötzlich und stand entschlossen auf. »Ich gehe rein! Jetzt gleich! Ich stehle die Spritzen. Ihr wartet draußen. Wir füllen die Spritzen mit Wasser. Ich bringe sie wieder zurück. Ganz einfach!«

»Bist du wahnsinnig?«, näselte Charley. »Das ist lebensgefährlich. Und wenn der Ochsentreiber aufwacht währenddessen?«

»Hast du eine bessere Idee?«

»Noch nicht!«, flötete Charley. »Aber ich denke nach! Ich denke nach! Lasst mir Zeit!«

Weil Charley Gottchen von diesem Augenblick an wieder schwieg, entschieden die anderen, bei ihrem Plan zu bleiben. Das klang gut: Ohne Beruhigungsmittel würden die Luftpiraten wieder wild und wütend werden. Und wenn die Luftpiraten wütend wären, hätten sie eine Chance, gemeinsam den Ochsentreiber zu besiegen, mit ihren Blitzen, ihrem Poltern und Donnern, mit der ganzen Kraft ihres Zorns.

»Nein«, sagte Franka. »Ich lass dich nicht allein, Zwolle! Ich geh mit rein! Ich bleibe drinnen an der Tür. Wenn der Ochsentreiber aufwacht, blitz ich ihm eins auf den Pelz, und du kannst fliehen!«

Zwolle strahlte. Das klang gut. Mit der wilden Franka im Rücken fühlte er sich gleich viel sicherer.

19

Das Schweißfass

Es war etwa zwei Uhr morgens. Die Gefährten stiegen langsam den Hügel hinab, immer bedacht, keine Geräusche zu machen. Unten angekommen, näherten sie sich der Hütte des Ochsentreibers. Sie hörten ein Schnarchen, Röcheln und Rasseln.

Rättich entfernte sich mit Kaspar Richtung Brunnen, um Wasser zu holen. Charley verhielt sich immer noch mucksmäuschenstill. Wenn er nicht redete, wusste niemand, ob er überhaupt da war. Oder irgendwo anders herumflog. Das ist eine Eigenschaft, die unsichtbare Stimmen an sich haben: Sie existieren für die anderen im Grunde genommen erst dann, wenn sie sprechen.

Zwolle legte seine Hand auf die Klinke und schob die Tür zur Hütte auf. Sie quietschte in den Angeln. Zwolle hielt inne. Sein Herz schlug schneller. Aber nichts geschah. Jetzt zwängte er sich durch die Tür hinein. Franka folgte ihm. Sie blieben nebeneinander stehen. Sofort hielten sie sich die Nasen zu. Im Raum lag ein entsetzlicher Gestank. Ein paar Wachskerzen leuchteten auf dem

Tisch. In der Ecke flackerte ein Kaminfeuer. Es war viel zu heiß hier drinnen.

Endlich sahen Franka und Zwolle den Ochsentreiber. Beinah hätten sie aufgeschrien vor Entsetzen: Der Ochsentreiber lag in einem Bett, ohne Decke, im Lendenschurz, halbnackt, den Knüppel fest in der Hand, quer über seine Brust gelegt, bereit, zu jeder Sekunde aufzuspringen und sich zu verteidigen. Während des Atmens hob und senkte sich nicht nur seine Brust wie ein Blasebalg, sondern auch sein mächtiger, dreckiger Bart.

Zwolle ging los. Langsam. Das Feuer leuchtete hell, er sah genau, wo er hintrat. Je näher er kam, umso furchtbarer stank es. Endlich entdeckte Zwolle die Quelle des Gestanks: Der Körper des Ochsentreibers war klatschnass vor Schweiß. Mit jedem Atemzug spritzten neue Bäche Schwitzwasser aus den Poren der Haut über die Brust, flossen an den Seiten hinab, sammelten sich zu einem breiten Strom und sickerten in ein Fass neben dem hohen Bett. Dieser Schweiß war es, der so grauenhaft stank. Das Fass war schon beinah randvoll mit Schweiß.

Die Spritzen lagen auf einem Regalbrett an der Wand. Fein säuberlich nebeneinander. Exakt zehn Stück. Für jeden Gefangenen eine Spritze. Gefüllt mit durchsichtiger Flüssigkeit, dem Mittel, das die Luftpiraten für einen Tag ruhigstellen sollte. Jetzt musste Zwolle die Spritzen aus dem Regal holen. Leider hing das Regal an der Wand genau über dem Bett des Ochsentreibers!

Das wird nicht einfach, dachte Zwolle. Das wird mehr als gefährlich. Schlägt der Kerl die Augen auf, zerquetscht er mich wie eine faule Tomate.

Zwolle ging in die Hocke. Er rief sich ins Gedächtnis, weshalb er das hier alles machte. Weshalb er sein Leben riskierte. Für Adiaba. Für seinen Vater. Der ihn liebte. Obwohl er ein Weißer Luftpirat war. Aus diesem Gedanken schöpfte er Kraft. Es half: Zwolle wurde ruhiger.

Er zögerte nicht weiter und trat zum Bett des Ochsentreibers. Den linken Fuß stellte er auf die Kante. Seinen rechten ließ er unten. Wartete. Beobachtete den Riesen. Jetzt folgte Zwolles rechter Fuß. Er stand auf der Kante des Betts, ließ den Oberkörper nach vorn fallen und hielt sich fest am Regal vor ihm. Sein Körper bildete jetzt eine Brücke über dem Bauch des Riesen. Der Gestank war schier unerträglich in dieser Nähe, der Schweiß spritzte hoch zu Zwolle, aber Zwolle beachtete das nicht, löste die rechte Hand vom Regal und stopfte langsam, in aller Seelenruhe, eine Spritze nach der anderen in seine Umhangtaschen.

Als er fertig war, stand der schwierigste Teil auf dem Programm: wieder in die aufrechte Haltung zu gelangen. Zwolle stieß sich ab. Mit beiden Händen. Er wankte einen Augenblick, fing sich, fiel nicht auf den Bauch des Schlafenden, sondern wippte eine Sekunde, zwei, ruderte mit den Armen, machte aber kein Geräusch. Dann ging er in die Knie, hielt sich mit den Händen an der Bettkante fest und setzte langsam einen Fuß nach dem anderen vom Bett auf den Boden. Schließlich verließ er die Hütte. Unbemerkt, langsam und leise: wie ein weißer Panther.

Franka folgte ihm.

Draußen warteten Rättich und Kaspar. Sie hatten einen Eimer Wasser vom Brunnen geholt. Man leerte die zehn Spritzen aus und füllte sie mit Trinkwasser. Dann musste Zwolle die Spritzen wieder zurück an ihren Platz bringen. Was ihm auf dieselbe Weise glückte wie zuvor. Anschließend versteckten sich die drei wieder auf ihrem Hügel. Und jetzt hieß es: warten.

Kurze Zeit später, es war tatsächlich vier Uhr morgens, erschien der Ochsentreiber vor der Hütte. Zusammen mit den Gefangenen. In einer langen Reihe marschierten sie wie die Gänse zur Schlachtbank Richtung Tafelberg. Plötzlich erscholl ein Pfiff, die Gefangenen bückten sich und ergriffen ihre Hacken. Dann gingen sie weiter.

»Also gut!«, raunte Rättich. »Jetzt! Schaut. Die Gefangenen sind nicht gefesselt! Wie Charley gesagt hat. Charley? Bist du da?«, fragte Rättich und horchte kurz.

Keine Antwort.

»Egal«, sagte Rättich. »Die Frage ist, ob wir zuschlagen sollen, *ehe* die Gefangenen alle im Tafelberg verschwinden, also sofort? Oder aber ob wir vielmehr …«

»Sofort!«, rief Franka, die nur dieses eine Wort gehört hatte sowie das Wort *zuschlagen*. »Sofort! Hurra! Auf ihn mit Gebrüll!«

»Warte doch!«, zischte Rättich.

Aber es war zu spät.

Franka stürmte schon laut schreiend den Hügel hinunter. Sie hatte sich einfach nicht mehr länger zurückhalten können. Erst handeln, dann denken. Wenn überhaupt denken! Hauptsache, es passiert etwas. Sie hatte das Herz auf dem rechten Fleck, ja, aber sie trug ihr Herz auch auf den Händen, die immer etwas tun wollten. Warten, nachdenken, abwägen oder zögern waren Fremdwörter für sie.

So blieb Kaspar, Rättich und Zwolle nichts anderes übrig, als Franka zu folgen. So schnell und so gut sie konnten. Franka lief mutig und ohne das geringste Zögern Richtung Ochsentreiber und donnerte: »Nieder mit dem Wächter!« Und währenddessen schrie sie zu den Gefangenen: »Freunde! Kollegen! Luftpiraten! Gefangene! Ihr alle hier! Wir müssen zusammenhalten! Wir müssen *miteinander* kämpfen! Gegen unseren gemeinsamen Feind! Gegen den Ochsentreiber!«

Zwolle holte Franka jetzt langsam ein. Die Schritte den Hügel hinab waren mühselig. Da sah Zwolle seinen Vater und rief: »Papa! Papa! Hier bin ich!«

»Zwolle!«, rief Adiaba entsetzt und freudig zugleich, froh, dass Zwolle überhaupt noch lebte, aber voller Sorge um seinen Sohn, der gerade mit Franka auf den Riesen zulief. »Was machst du denn hier? Ihr könnt doch nicht …«

Zwolle war ziemlich außer Atem vom Rennen.

Ein paar Meter vom Ochsentreiber und den Gefangenen entfernt blieben die Gefährten stehen: Zwolle, Franka und Rättich sowie Kaspar als blaues Pferd, das aufgeregt schnaubte.

Der Ochsentreiber blickte erstaunt zu den Neuankömmlingen. Dann aber brach er in leises Gelächter aus, das wie Gekicher klang. Aber aus dem Mund dieses Riesen wirkte jedes leise Gekicher bedrohlicher als das lauteste Geschrei.

»Was seid ihr denn für komische Vögel!?«, knurrte der Ochsentreiber.

»Wir befreien die Gefangenen!«, rief Franka und ließ ihre Zornesfalte anschwellen.

»Ihr … Was!?«, rief der Ochsentreiber und hielt sich den Bauch vor Lachen.

Theo Rättich aber rief den Luftpiraten zu: »Leute, der Kerl hier hat euch heute nur Wasser gespritzt! Keine Beruhigungsmittel! Ihr müsst euch endlich wehren! Ihr tragt keine Fesseln! Spürt eure Wut! Donnert! Blitzt aus allen Rohren! Nieder mit dem Ochsentreiber!«

Der Ochsentreiber lachte immer noch lauter und dröhnender.

Die Luftpiraten aber, die Rättichs Worte gehört hatten, spürten auf einmal wieder die Kraft des Zorns in ihren Adern, die Lust zu kämpfen.

»Ja, es stimmt!«, rief einer. »Ich merke die Wut! Das Beruhigungsmittel wirkt nicht!«

Sie hätten jetzt auch gern gekämpft, sprich, geblitzt. Aber sie alle hatten schon einmal zu blitzen versucht hier oben und gemerkt, dass es nicht ging. Also blieben sie rat- und tatlos stehen.

»Was ist los?«, rief Zwolle.

»Keine Ahnung«, sagte Rättich.

»Worauf wartet ihr?«, rief Franka. »Na gut! Wenn ihr nicht blitzt, ich bin ja auch noch da!«

Sie näherte sich dem Ochsentreiber und wollte blitzen. Doch sie schaffte es nicht. Sosehr sie sich auch bemühte. Aus ihrem Blitzauge kroch nicht mal ein armseliges Fünkchen.

»Was hat das zu bedeuten?«, brüllte sie. »Wieso kann ich nicht blitzen? Wieso blitzt ihr nicht? Ohne Blitze haben wir keine Chance! Verdammter Mist!«, polterte sie. »Komm raus aus dem Auge, du Blitz!«

»Es gibt ein Funkloch hier oben!«, rief Adiaba. »Wir können nicht blitzen! Keiner von uns! Auch du nicht, Franka!«

Die Gefährten erschraken zu Tode.

Zwolle schüttelte den Kopf. Es war zum Verzweifeln: Jetzt, wo man endlich diese blöden Blitze mal gut hätte gebrauchen können, jetzt funktionierten sie nicht? Jetzt, wo es um Leben und Tod ging?

20

Ein unsichtbarer Gegner

»Wenn wir nicht blitzen können, haben wir keine Chance gegen den Ochsentreiber!«, raunte Theo Rättich den anderen zu.

Auch der Ochsentreiber schien das zu wissen, denn er reckte und streckte seine Arme und machte ein paar Dehnübungen. Als freue er sich darauf, die Aufsässigen hier gleich endlich mal wieder so richtig verprügeln zu dürfen.

»Was sollen wir tun?«, rief Kaspar. Er blähte sich mit all seiner Kraft zu einem Drachen, doch als der Ochsentreiber den blauen Drachen sah, brach er wieder in gemeines Gelächter aus.

»Komm her, süßer Drache, dich mach ich auch noch platt!«, sagte er.

Franka wollte nicht aufgeben. Sie sprang auf Kaspars Rücken. Zwolle folgte ihr sofort. Und gemeinsam näherten sie sich jetzt langsam durch den schwerelosen Sternenstaub dem Ochsentreiber. Der Ochsentreiber hörte nun auf zu lachen und sich zu dehnen, als er die drei kommen sah. Und noch ehe die drei etwas hätten tun können, holte der Ochsentreiber blitzschnell mit seinem

Knüppel aus und traf den auf ihn zuspringenden Kaspar vor seinen fluffigen Bauch, sodass Kaspar, Zwolle und Franka zwanzig Meter durch die Luft flogen und mitten unter die Gefangenen fielen. Adiaba schrie auf. Er kniete zu seinem Sohn. Franka und Zwolle hatten nichts abbekommen. Nur Kaspar keuchte getroffen und verletzt.

»Kaspar!«, rief Zwolle. »Alles in Ordnung?«

Kaspar nickte schwach, bekam aber kaum Luft.

»Noch einer?«, flüsterte jetzt der Ochsentreiber. »Will noch einer eine Abreibung?«

Alle schwiegen bedrückt.

»Schade!«, rief der Ochsentreiber. »Ich bin gerade so gut in Form.«

Zwolle wusste nicht, wie es weitergehen sollte. Ihr ganzer Plan war kläglich gescheitert.

»Ihr vier da!«, rief der Ochsentreiber zu Zwolle, Kaspar, Franka und Rättich. »Ihr könnt direkt bei den Gefangenen bleiben. Meuterei. Versuch, die Verbrecher zu befreien. Da brauchen wir gar keine Verhandlung. Das reicht mir für eine Verurteilung. Ihr werdet alle miteinander im Bergwerk arbeiten. Und zwar bis an euer Lebensende!«

Adiaba nahm Zwolle in den Arm, Franka fluchte, Rättich hatte begonnen, Kaspar ein wenig zu verarzten. Seine Wunde reichte zum Glück nicht tief.

Doch in die allgemeine Verzweiflung hinein ertönte plötzlich eine Stimme. Eine näselnde Stimme. Eine wunderbare, göttliche Stimme: »Das glaube ich nicht!«, sagte die Stimme.

Der Ochsentreiber fuhr herum. »Wer hat das gesagt!?«

»I-hi-ch! Ich bin, der ich bi-hi-n!«, rief die näselnde Stimme. »Und du-hu, Ochsentreiberchen, juhu, du bist verloren!«

»Charley!«, rief Franka. »Das ist Charley Gottchen!«

»Wer sagt das?«, rief der Ochsentreiber. »Wo steckst du?«

»Du bist viel zu schwach«, sagte Charley. »Siehst du das nicht, lieber Ochsentreiber? Siehst du mich? Nein. Kannst mich nicht sehen. Ich bin der Größte! Der Stärkste! Ich bin allmächtig! Hör zu, ich geb dir einen guten Rat, hau einfach ab. Wenn ich mit dir fertig bin, kann man dich nur noch als Suppenhuhn verwenden!«

»Halt's Maul!«, rief der Ochsentreiber. »Wo steckst du? Wer bist du?«

»Ich bin Charley Gottchen! Und du bist nichts. Du bist der kleinste Zwerg des Universums. Du bist ein Dreck, ein Niemand, du bist …« Das ging jetzt eine Weile so weiter in diesem Tonfall, in ungeheurer Geschwindigkeit, und der Ochsentreiber wurde zum ersten Mal an diesem Tag unruhig, denn er konnte den Quell dieser Stimme nicht sehen, und einen Gegner, den man nicht sehen kann, kann man nur schwer ausschalten. Immer wieder fuhr der Ochsentreiber herum, griff mit der Linken nach hinten, an seine Ohren, an seinen Bart, an seine Glatze, als schwirrten jede Menge Wespen um ihn herum und als gelänge es ihm nicht, sie zu vertreiben.

»Du kannst mich nicht loswerden, Ochse! Du bist nichts als ein einziger stinkender Schweißausbruch. Du bist nichts als ekelhafter, abscheulicher Gestank. Du bist die Pest. Du bist …«

Der Ochsentreiber schwitzte jetzt tatsächlich.

Der Schweiß floss in Strömen von seiner Stirn.

Und plötzlich erschrak er darüber.

»Schwitzen!«, rief Charley. »Aha, du fängst an zu schwitzen, alter Ochsenknilch! Das ist gut! Das ist sehr gut! Komm, schwitz schön weiter, Ochse! Du fette Sau! He, Ochse, ich hab dich genau beobachtet. Zwei Tage lang. Ich weiß Bescheid! Ich weiß alles über dich. Du darfst gar nicht schwitzen! Jedenfalls nicht hier draußen!«

Der Ochsentreiber wischte sich den Schweiß mit dem Handrücken ab und leckte ihn auf.

»Ich weiß es genau, du Wampenschwein! Der Schweiß ist das, was dich zusammenhält. Du darfst nur in der Nacht schwitzen, wenn du den Schweiß auffangen kannst in deiner Hütte, in deinem Schweißfass!«

Der Ochsentreiber brüllte jetzt erschrocken auf, als hätte jemand ihm einen schweren Stoß versetzt. »Woher weißt du das?«, rief er. »Das darf keiner wissen! Wenn das jemand weiß, dann kann er mich ...« Der Ochsentreiber verstummte und schlug wieder wie wild mit dem Knüppel um sich.

»Jeden Morgen stehst du auf und trinkst in einem Zug den gesammelten Schweiß der Nacht aus dem Schweißfass. Erst danach bist du wieder stark und wie neu geboren. Jetzt aber versickert dein kostbarer Schweiß im Boden und ist auf immer verloren. Und wenn der Schweiß verloren geht, wird auch deine Kraft verloren gehen, stimmt's? Komm schon, ich bin nur eine Stimme. Du wirst doch gegen eine Stimme kämpfen können, oder? Hier bin ich! Ätsch! Hier! Daneben! Hehe! Du Lulatsch! Hier. Hier bin ich. Direkt vor deinen Füßen.«

Der Ochsentreiber schlug zu.

»Oder doch auf deiner Schulter?«

Der Ochsentreiber schlug rechts neben sich durch die Luft.

»Nein, hörst du, du läufst aus, das Wasser läuft dir aus dem Bauch, gib auf, ich bin hier, an deinen Ohren!«

Wieder schlug der Ochsentreiber durch die Luft, völlig verwirrt inzwischen. Er hatte die Luftpiraten-Gefangenen ganz vergessen.

»Hier bin ich! Hier!«, rief die Stimme. »Auf deiner Stirn! Vor deinen Augen.«

Der Ochsentreiber holte aus und schlug sich mit dem Knüppel selber vor die Stirn. Mit aller Kraft. Er trudelte, fiel zu Boden, rücklings. Der Riese stöhnte auf und sank in eine tiefe Ohnmacht.

Stille. Keiner konnte es fassen. Das kam alles so vollkommen

unerwartet. Der Ochsentreiber hatte sich selbst ausgeschaltet. Charley hatte ihn zur Raserei gebracht.

Nach einigen Sekunden konnten die Luftpiraten endlich glauben, was sie sahen. Sie jubelten.

»Halt!«, rief Adiaba. »Nicht so schnell! Der Kerl wird bald wieder aufwachen! Wir müssen ihn in Ketten legen. Sofort!«

»In der Hütte habe ich welche gesehen!«, rief Franka, rannte, so schnell es ging, voraus und die Piraten folgten ihr. Sie holten jede Menge Ketten und Seile aus der Hütte und verschnürten den riesigen Körper des Ochsentreibers so fest wie möglich. In der dunklen Behausung hatten Adiaba und die Gefangenen auch ihre Augenklappen gefunden und setzten sie auf. Dann erst atmeten alle durch.

Kaspar aber fragte Theo: »Professor Rättich! Haben Sie denn nicht gewusst, dass man hier oben nicht blitzen kann?«

»Ich? Nein. Ich …«

»Sie wissen doch sonst immer alles!«

»Ja, aber das ist wirklich … ungewöhnlich … Es tut mir leid! Ich habe es einfach nicht gewusst.«

Zwolle und Adiaba umarmten sich endlich.

»Du hast mich befreit!«, rief Adiaba. »Du hast mir das Leben gerettet! Zwolle! Franka, Kaspar! Kommt her!«

»Eigentlich haben wir unsere Rettung ja Charley Gottchen zu verdanken«, sagte Kaspar. »Charley? Bist du da?«

Stille.

Auch Rättich räusperte sich jetzt und rief laut: »Charley! Sag mal, Charley! Wo steckst du schon wieder?«

Keine Antwort.

»Lass dich endlich feiern!«, rief Rättich. »Du bist der Held des Tages! Du bist der Größte! Was ist los mit dir?«

Nichts.

»Und wenn der Ochsentreiber ihn erwischt hat?«, fragte Franka. »Mit seinem Schlag zwischen die eigenen Augen?«

»Aber«, sagte Zwolle, »wie soll man denn eine unsichtbare Stimme *treffen*?«, fragte er.

»Na ja«, murmelte Rättich nachdenklich, »einen Ton kann man ja auch treffen, nicht wahr?«

Es war nichts zu machen, Charley blieb unhörbar. Entweder war er wieder irgendwohin verschwunden oder aber auf immer verstummt.

Die Gefährten machten ein Lagerfeuer. Adiaba erfuhr endlich alles, was geschehen war. Während man erzählte, bewachten die Luftpiraten den Ochsentreiber, der langsam wieder zu sich kam, aber die Fesseln nicht abstreifen konnte, sosehr er sich auch bemühte.

»Eine Sache wäre da noch!«, sagte Theo Rättich. »Was genau wird da oben eigentlich abgebaut? Im Tafelberg? Was steckt in diesem Berg? Das will ich wissen! Wenn wir schon mal da sind!«

»Fragen wir die anderen Luftpiraten«, sagte Kaspar und deutete zu den neun befreiten Gefangenen.

Die Gefährten gingen hin. Der Ochsentreiber schaute sie vom Boden aus finster und missmutig an. Er hatte keine Chance, seine Fesseln zu lösen: Die ehemaligen Gefangenen standen um ihn herum.

»Wer von euch ist am längsten hier?«, fragte Adiaba.

»Ich«, meldete sich ein großer Luftpirat und stand auf. »Laako ist mein Name!«

»Hast du eine Ahnung, was genau ihr hier abbaut, Laako?«

»Ja.«

»Und was?«, fragte Rättich.

»Nichts«, murmelte Laako.

»Was heißt das: Nichts?«

»Die Arbeit im Berg ist nur eine sinnlose Qual! Wir schlagen den ganzen Tag auf ein und dieselbe Stelle ein. Nichts passiert. Du hast es ja miterlebt. Das geht jeden Tag so. Wenn wir wenigstens *irgendwas* abbauen würden. Aber *nichts*? Das ist doch furchtbar! Eine Arbeit ohne jeden Sinn! Entsetzlich! Die schlimmste aller Strafen!«

Diese Vorstellung war in der Tat fürchterlich.

»Und jetzt?«, fragte Adiaba die neun Gefangenen. »Was wollt ihr tun? Wo wollt ihr hin?«

»Wir bleiben!«, sagte Laako.

»Hier, beim Tafelberg?«

»Ja. Wir müssen uns erst mal erholen. Von der jahrelangen Arbeit. Und dann bauen wir dem Ochsentreiber ein richtiges Gefängnis! Zurück in unsere Luftstädte können wir sowieso nicht. Denn wir sind alles verurteilte Verbrecher.«

Adiaba wurde nachdenklich. Was die Gefangenen sagten, das

stimmte. Und mehr noch: Zwolle, Franka und ihm ging es ganz genauso! Sie hatten dasselbe Problem: In Ätheria konnten sie sich nicht mehr blicken lassen. Peer Dekret würde sie wieder verhaften.

Adiaba teilte seine Gedanken den Gefährten mit. »Wo sollen wir jetzt hin?«, fragte er am Schluss.

»Kommt erst mal zu mir, in die Universität nach Eboris«, sagte Rättich. »Dort ist genug Platz für alle.«

»Gute Idee!«

Sie kehrten zurück zum Lagerfeuer. Es musste inzwischen etwa acht Uhr morgens sein. Doch immer noch herrschte hier oben Dunkelheit. Die nur vom fernen Sternenlicht durchbrochen wurde.

Und noch etwas: Da gab es einen Stern, der gar nicht weiter auffiel unter all den anderen Sternen. Doch hätten die Gefährten auf ihn geachtet, so hätten sie gesehen, dass dieser Stern sich bewegte! Wenn auch ganz, ganz langsam. Kaum merklich. Außerdem war dieser Stern keine Lichtjahre entfernt wie alle anderen Sterne, sondern nur ein paar wenige Meter! Ja, dieser Stern war in Wahrheit gar kein Stern, sondern ein Kugelblitz! Ein Kugelblitz, der auf den Namen Zephyr hörte! Und der sich nur als Stern tarnte. Und das sehr geschickt.

Zephyr war den Fliehenden gefolgt zum Tafelberg. Denn Kugelblitze sind Blitze und können auch im Weltall fliegen. Daher kam er schneller voran als die Gefährten. Und erreichte den Tafelberg gerade in dem Augenblick, als die Gefährten mit Charley Gottchen gegen den Ochsentreiber kämpften und die Luftpiraten befreit wurden. Zephyr hielt sich im Hintergrund. Belauschte die Gespräche der Gefährten. Bald hatte er genug gehört. Langsam, ganz, ganz langsam, entschwebte er ihrem Blickfeld. Und machte sich auf den Rückweg zur Milchstraße.

»Was stinkt denn hier so?«, fragte Franka, als sie wieder am Lagerfeuer saßen.

»Stimmt«, sagte Zwolle, »das riecht nach faulem Fleisch!«

Niemand wusste, dass Zephyr nur in Gerüchen sprechen konnte. Niemand kannte die Stinksprache der Kugelblitze. Denn sonst hätten sie Zephyrs Stinkwort errochen: »Rache!«

21

Im Luftschloss

Die Gefährten verabschiedeten sich von den ehemaligen Luftpiraten-Gefangenen und brachen bald auf. Sie stapften durch den Sternenstaub, überquerten die Milchstraße und sausten durch die Sphären immer nach unten, in die Frische-Luft, Richtung Heimat. Nachdem die Gefährten die Schleuse passiert hatten und wieder durch das klare Sonnenlicht hutzelten, blitzte Franka ein paar Mal sinnlos in die Luft, einfach aus purer Freude am Blitzen. Auch wenn das Sonnenlicht Rättich, Adiaba und Franka immer noch blendete: Nachdem sie so lange in der Nacht des Weltalls gesteckt hatten, waren sie irgendwie froh über die Sonne hier unten. Sie konnten sich nicht sattsehen an den Schönheiten der Hochluft, begrüßten jede noch so hässliche Luftpumpe, die vorbeiröchelte, und jagten frech bellende Luftmolche fort, die sich schnüffelnd näherten. Plötzlich pfiff Zwolle durch die Zähne und deutete nach vorn: »Was ist denn das?«

Die Freunde blickten auf. Und sahen ein riesiges, ein gigantisches, ein wunderschönes Gebäude in der Ferne.

»Keine Ahnung!«, rief Rättich.

»Das schauen wir uns näher an!«, rief Franka.

Die anderen nickten.

Schon hutzelten sie los, Franka und Zwolle ritten auf Kaspar, Adiaba und Rättich flogen nebenher. Je näher sie kamen, umso mehr staunten sie. Was da vor ihnen lag, hatte keiner von ihnen je zuvor gesehen. Ein goldenes Schloss mit hohen Zinnen und Türmen und Fenstern und Balustraden, ein Wunderwerk der Luftarchitektur, wie es bestimmt kein zweites gab.

»Das muss ein Luftschloss sein!«, rief Rättich.

»Aber das Luftschloss stand doch auf dem Hinweg noch gar nicht dort!«, rief Kaspar. »Wo kommt es so plötzlich her?«

»Ich weiß nicht«, sagte Rättich. »Luftschlösser sind eines der vielen ungelösten Rätsel für uns Hochluft-Wissenschaftler! Meine Theorie bezüglich Luftschlössern lautet: Es gibt einen Urknall, aus dem Nichts, wuff, und dann ist das Luftschloss einfach da!«

»Mit dieser Theorie können Sie ja alles erklären«, rief Kaspar.

»Deshalb«, sagte Rättich, »ist die Theorie ja auch so gut!«

Kaspar schüttelte den Kopf.

»Na dann, nichts wie hin!«, rief Zwolle.

Doch er hätte dies gar nicht rufen müssen. Die Freunde *mussten* einfach zu diesem Schloss fliegen, so schön war es: Luftmarmor und Luftgold, ein verlockender Duft nach Lakritze und gerösteten Marshmallows, der das Wasser in den Mündern zusammenlaufen ließ, wie von einem Magneten wurden die Freunde vom Schloss angezogen. Nein, sie konnten gar nicht anders!

Als sie angekommen waren, öffnete sich ein Fenster, dort oben, neben der gelbroten Fahne, und heraus lehnte sich eine Gestalt, die ihnen zuwinkte. Eine violetthaarige Gestalt! Wer war das? Eine Luftpiratin? Tatsächlich! Das war Donna! Donna Brubu! Frankas Mutter! Man hatte sie gefunden! Ohne sie überhaupt gesucht zu haben! Ein kaum zu fassendes Glück!!

»Donna!«, schrie Franka und stürmte los.

»Franka!«, schrie Zwolle und flog hinterher.

»Zwolle!«, riefen Adiaba und Kaspar und folgten dem Jungen.

Gemeinsam mit Theo Rättich.

Die fünf hutzelten hintereinander auf das Tor zu. Sie waren froh, dass sie an der Frischen-Luft endlich wieder schweben und fliegen konnten. Die siebzehn Stufen aus Glitzerdiamanten mussten sie mit ihren Flügelfüßen daher gar nicht berühren.

Das Tor sprang von allein auf. Sie flogen hinein. Hinter ihnen knallten die Flügeltüren wieder zu. Es war grell im Luftschloss, ein Licht wie an einem Sommertag, eine frische Brise wehte durch die Halle, köstliche Musik drang in die Ohren der Freunde, dann hörten sie Donnas Stimme: »Hier bin ich! Hier! Hier oben!«

Alle schuffelten die breite Marmortreppe hinauf. Vorbei an kostbaren Statuen und Kronleuchtern, an wunderschönen Luft-

malereien, an feinsten Wandteppichen und wehenden Vorhängen aus leichtestem, kostbarstem Stoff. Sie eilten hoch und folgten Donnas Stimme. Endlich sahen sie Frankas Mutter. Sie war es tatsächlich! Sie stand immer noch am Fenster.

Franka hutzelte hin und herrschte sie an: »Das ist doch das Letzte, deine einzige Tochter allein im Luftloch zurückzulassen!« Dann aber lachten beide! Nicht etwa hässlich, sondern fröhlich! Und Franka umarmte ihre Mutter. Und beide strahlten mit der Sonne um die Wette! So ungewöhnlich für sie beide, für diese Ausgeburten der Streitlust!

Es standen die herrlichsten Köstlichkeiten auf den Tischen, Wolkenmilchkäse, Gewitterziegenkräuter, Himmelbeergelee, Hageltees, und kaltsüße Getränke gossen sich wie von allein in die Kristallgläser, und sie alle tranken und genossen das unglaubliche und glückliche Ende ihrer Erlebnisse, die unerwartete Zusammenkunft mit Donna. Und alle wurden immer ausgelassener, Zwolle und Franka tanzten sogar miteinander, so etwas war unter Luftpiraten noch nie vorgekommen. Sie hatten beste Laune! Adiaba musste sich bald vor Erschöpfung hinsetzen. Und diese Musik, diese göttliche Musik, die aus der Feder Johann Sebastian Krachs stammte, wie Rättich erklärte. Von draußen schwebte die Musik zu ihnen, Musik, die nur ertönen konnte, weil Luft die wundersamsten Instrumente in Schwingung brachte. Leise Flöten-Triller, zarte Streicher-Glissandi, sanfte Flügel-Klänge, schmeichelnde

Luftgitarren-Riffs und vieles mehr, was die Freunde gar nicht kannten.

Dieser Augenblick, dachte Zwolle, ist der glücklichste Augenblick in meinem Leben! Es war zwar ein unwirklicher, ein seltsamer Augenblick, den Zwolle und die anderen durchlebten, aber tatsächlich der allerschönste, den er sich denken konnte: Donna und Adiaba saßen strahlend auf einem Sofa, die Pfeifen im Mund, Rättich las mit leuchtendem Auge in einem riesigen Buch, Kaspar vertilgte mit glasigem Blick einen großen Berg leuchtender Äpfel, und Zwolle tanzte so lange mit Franka, bis er hundemüde auf ein weiches Bett aus unbezahlbaren Hauchdaunen fiel und zugleich in den wunderbarsten, tiefsten und angenehmsten Schlaf seines Lebens.

Zwolle öffnete das Auge. Nein: beide Augen. Seine Augenklappe war weg. Und er hatte Kopfschmerzen. Und fürchterlichen Durst! Zwolle hielt sich die Hand vor die Stirn. Wo war er? Immer noch im Luftschloss? Zwolle stand endlich auf und blickte sich um: Nein!

Zwolle stand in der – er glaubte es kaum – Arena! Mitten in Ätheria! Neben ihm: Adiaba, Franka, Rättich: gefesselt; Kaspar in einem Glaskäfig. Und Donna? Nein! Von Donna keine Spur!

Stattdessen tigerte Peer Dekret auf und ab. Und grinste. Und neben Peer schwebte ein … Was war das?

»Was ist das!?«, rief Zwolle und zeigte hin.

»Das«, lachte Peer Dekret, »ist ein Kugelblitz.«

Zephyr, der Kugelblitz, war den Reisenden gefolgt. Er hatte die Überwindung des Ochsentreibers und die Befreiung der Gefangenen mit angesehen. Als Stern getarnt. Machtlos. Ohne etwas dagegen tun zu können. Er hatte die Gefährten belauscht und das Ziel ihrer Reise erfahren, die Universität von Eboris. Dann war er vorausgeflogen, zur Milchstraße, durch die Sphären, in die Frische-Luft. Denn erst dort, in der Frischen-Luft, hatte er seine Falle errichten können: ein wunderschönes Luftschloss.

Man muss wissen: Kugelblitze gehören zu den Luftspiegelwesen. Verwandt mit den Fata Morganas. Luftspiegelwesen sind in der Lage, Träume aus den Köpfen ihrer Opfer zu trinken, tiefste Wünsche, Sehnsüchte, Hoffnungen. Aus diesen Wünschen kann ein Kugelblitz Luftspiegelungen weben, und das sind eben jene Luftschlösser: Solche Luftschlösser bestehen aus klebrigen Fantasiefäden. Das, was die Opfer ersehnen und erwünschen und erträumen, nimmt dort tatsächlich Gestalt an. Als würden die Opfer alles wirklich vor sich sehen. Und was war der größte Wunsch der Gefährten? Richtig: Donna Brubu, Frankas Mutter, wiederzufinden! Und genau das spiegelte Zephyr ihnen vor. In genau dieses Luftschloss mit Donna Brubu am Fenster hatte Zephyr sie gelockt. Keines der Dinge, die sie dort gesehen, gehört, erlebt hatten, hatte es wirklich gegeben! Alles war purste Fantasie! Die Musik, das Tanzen, vor allen Dingen Donna Brubu: Träume und Wünsche im Kleid der Wirklichkeit. Wunschträume eben.

Gelingt es einem Kugelblitz, seine Opfer so lange zu bannen, bis sie einschlafen, hat er gewonnen. Dann stürzt sein Netz zusammen. Die Falle schlägt zu. Die Opfer sind hypnotisiert. Sie schlafen. Und Zephyr kann sie dorthin bringen, wohin er sie haben will. Denn die Opfer schlafen so lange, bis Zephyr sie wieder weckt. Und genau das war gerade jetzt geschehen. Mitten in der Arena von Ätheria!

22

Ab in die Röhre

In der Arena brannte Licht von der Decke. Sämtliche einhundert Luftpiraten Ätherias und ihre Kinder waren versammelt. Sowie die Zwölf Verschworenen. Und Meisterin Tramontana Turbulenzia, die immer noch verzweifelt versuchte, ihre Hände zueinanderzubringen.

Adiaba, Franka und Rättich trugen ihre Augenklappen und waren gefesselt. Damit sie nicht blitzen konnten. Kaspar steckte in einem gläsernen Käfig.

Nur Zwolle stand ohne Fesseln dort. Und ohne Augenklappe. Wie nackt. Als wolle man ihm sagen: Vor diesem Blindgänger brauchen wir keine Angst zu haben. Du kannst eh nichts! Du bist kein richtiger Luftpirat. Du kannst nicht blitzen. Du bist keine Gefahr für uns. Kein Gegner. Zwolle trug nur seine Windhose. Sein weißer Oberkörper glänzte in der schummrigen Arena.

Zwolle schnaufte. Die Verhandlung begann. Peer Dekret holte kaum Luft, während er den Strafenkatalog herunterbetete: »Flucht

aus dem Gefängnis, Anblitzen eines Agenten, Befreiung der Gefangenen aus dem Tafelberg, Überwältigen des Ochsentreibers. Unser geschätzter Zephyr hat am Tafelberg alles mit angesehen. Er hat uns minutiös berichtet. Na ja, jedenfalls haben wir seine Worte ganz genau errochen.«

Urteil und Strafe standen fest. Tod durch den Fliegenpilz!

Für alle diesmal!

Auch für Rättich, Franka, Adiaba und Kaspar.

Der Fliegenpilz tobte schon in seinem Kasten, krabbelte wie eine hungrige Tarantel am Glas entlang, ihm troff Sabber aus dem Kiefer.

»Halt!«, schrie Theo Rättich plötzlich. »Das geht nicht!«

»Was will denn der jetzt?«, fragte Peer Dekret.

»Der Biss des Fliegenpilzes. Das funktioniert nicht. Im Gegenteil. Glauben Sie mir. Ich kenne mich aus!«

»Wieso?«

»Der Biss des Fliegenpilzes wirkt nicht bei Zwolle. Nicht bei einem Weißen Luftpiraten!«

»Warum nicht?«

Theo Rättich rief: »Bindet mich los! Ich bin unschuldig!« Er legte all seine Kraft in die nächsten Worte: »Zephyr ist mein Zeuge!«

»Was genau meinst du?«, fragte Peer. »Wovon redest du?«

»Ja, was glaubst du denn!?«, rief Rättich, und seine Stimme

klang plötzlich ganz anders, dachte Zwolle, viel tiefer, aufgewühlter, zorniger, ja, hässlicher, er erkannte Rättich kaum wieder mit der Zornesfalte auf der Stirn. »Ja, glaubst du denn, dass ich etwa allen Ernstes aus freien Stücken mit einem Weißen Luftpiraten mitgehe? Ein Weißer Luftpirat ist der größte Abschaum der Luftwelt! Ich bin ein alter, schwacher Mann, ich habe den Kerl nicht aufhalten können, als er in Eboris war. Ich habe nur eine einzige Möglichkeit gesehen, unsere Luftpiratenwelt zu schützen vor diesem widerlichen Weißen Luftpiraten.«

Zwolle konnte nicht glauben, was er hörte. Franka zerrte an ihren Fesseln. Adiaba fiel fast hintenüber.

»Keine Zeit meines 76-jährigen Lebens«, rief Rättich, »war schrecklicher als die Zeit, in der ich diesen ekelhaften Weißen Luftpiraten begleiten musste. Aber ich hatte ein klares Ziel vorm Auge. Ich musste ihn daran hindern, den Ochsentreiber zu besiegen. Ich musste alles dafür tun, den Tafelberg zu schützen. Ich hatte keine Wahl. Der Kugelblitz ist mein Zeuge. Fragt ihn! Was genau hat er gesehen!!?? *Ich*, ich war es, ich habe doch vorgeschlagen, den Ochsentreiber anzublitzen! *Ich* war das!«

Peer Dekret schaute zu Zephyr und schnupperte. Offenbar bestätigte dieser Rättichs Worte. Peer bedeutete Rättich weiterzureden.

»Und warum? Warum habe ich das vorgeschlagen? Weil ich doch wusste, dass Zwolle und Franka dumme Kinder sind. Kinder, die nicht mal wissen, dass die Luftpiraten am Tafelberg gar nicht blitzen können. Ein Funkloch. Ich habe gewusst, dass der Plan scheitert. Und der Plan ist doch auch gescheitert. Der Ochsentreiber hätte sie alle überwältigt. Nur ist uns diese verdammte Stimme dazwischengezwitschert. Charley Gottchen. Der hat den Ochsentreiber ganz kirre gemacht, und – lieber Peer Dekret! So frage doch einfach Zephyr. Da konnte ich nichts für! Der wird alles bestätigen, was ich sage! Ich stehe auf eurer Seite! Ich will den Weißen Luftpiraten tot sehen!«

Peer wandte sich zu Zephyr und fragte ihn etwas. Der schien wieder seinen Wortgeruch abzusondern. Peer roch von Neuem. Dann nickte er bedächtig. Seine Miene hellte sich auf.

»Sperrt den Weißen Luftpiraten ruhig zum Fliegenpilz«, fuhr Rättich jetzt fort. »Ihr werdet sehen, was geschieht. Der Pilz wird ihn beißen, aber ein Weißer Luftpirat ist immun gegen den Biss des Fliegenpilzes. Mehr noch. Das Gift wird ihm eine neue Macht schenken. Der Weiße Luftpirat wird die Gabe erhalten, unsichtbar zu werden. Es wird zum schlimmsten Gegner der gesamten Luftpiratenwelt werden. Das müsst ihr unbedingt verhindern. Ich habe jahrzehntelang die Weiße-Luftpiraten-Forschung vorangetrieben. Ich habe als Einziger von euch über Weiße Luftpiraten nachgedacht! Mein ganzes Leben lang! Ich habe als Einziger von euch das einzige Buch über Weiße Luftpiraten gelesen, das es gibt. Ein Buch, das 4000 Jahre alt ist! Von einem Denker namens

Aeristoteles! Ich weiß Bescheid! Ich, Theo Rättich! Ihr müsst mir glauben!«

Peer fragte wieder Zephyr. Schnüffelte dann. Nickte. Und Peer Dekret hob die Hand: Der Lärmpegel stieg. Peer wandte sich an zwei Spiegelglatte: »Nehmt Rättich die Fesseln ab. Zephyr hat bestätigt, dass Rättich die Wahrheit sagt!«

»Verräter!«, schrie Franka noch einmal und versuchte, nach dem Professor zu treten. Sie brüllte, sie bog sich, sie holte Luft, doch ehe sie Donner hätte aus der Lunge pressen können, hatten die zwei Spiegelglatten sie schon zu Boden geworfen und auch noch geknebelt.

Zwolle wusste nicht, was er denken sollte. Er war einfach nur bitter enttäuscht und tief traurig. Theo Rättich! Dass er sich so in ihm hatte täuschen können! Jetzt war endgültig alles verloren!

Die Gegner schier übermächtig: Tramontana Turbulenzia, Peer Dekret, Zephyr, und jetzt auch noch Theo Rättich. Nein, es war vorbei. Ein für alle Mal. Diesmal würde es kein Entkommen geben.

Professor Theo Rättich hingegen war jetzt vollkommen in seinem Element. Er tobte und rastete regelrecht aus, als er brüllte: »Schickt den *Fliegenpilz* zurück«, rief er. »Der kommt später dran! Wenn wir Adiaba und Franka hinrichten!«

Man folgte seinen Anweisungen.

»Jetzt müssen wir uns zuerst um den teuflischen Weißen Luftpiraten kümmern, um diesen Satansbraten, um diesen Zwolle, diesen ekelhaften Blindgänger!«

Die Luftpiraten jubelten.

Rättich aber kam Zwolle, während er dies schrie, ganz nahe, und Zwolle glaubte, ein kurzes Zwinkern zu sehen, im Auge Rättichs, aber wahrscheinlich hatte er sich getäuscht, denn Rättich spuckte Zwolle sogar vor die Füße. »Du widerlicher Mistkerl!«, rief Rättich.

»Aber wie genau können wir ihn denn töten, Herr Professor?«, fragte Peer Dekret endlich. »Ertränken?«

»Nein, das geht nur bei *neugeborenen* Weißen Luftpiraten. Es gibt, wie ich das sehe, nur eine einzige Möglichkeit, ihn zu töten!«, sagte Rättich.

»Und welche?«

Rättich schaute in die Runde, ging an der Reihe der Zwölf Verschworenen vorbei, tat alles dafür, die Spannung ins Unermessliche zu steigern, ehe er den Zwölf Verschworenen zuflüsterte: »Der Elektrische Sturm.« Die Zwölf Verschworenen schrien auf vor Begeisterung.

»Was?«, brüllten die anderen Luftpiraten. »Was hat er gesagt?«

Auch Peer Dekret sah zu den Verschworenen hinüber.

»Der Elektrische Sturm«, schrie einer der Zwölf Verschworenen.

Da brach ein Johlen durch die Arena, dass es Zwolle die

Sprache verschlug. Peer Dekrets Auge leuchtete. »Der Elektrische Sturm!«, rief er. »Das ist die einzige Möglichkeit?«

»Ja, die einzige!«, rief Rättich. »Ich will ihn tot sehen, die hässliche weiße Kröte!«

Die Luftpiraten riefen ihm nach: »Wir wollen ihn tot sehen, die hässliche weiße Kröte!«

Rättich warf die Arme hoch: »Wir wollen ihn vernichten!«

Die Luftpiraten: »Wir wollen ihn vernichten!«

Rättich: »Nie wieder ein Weißer Luftpirat!«

Die Luftpiraten: »Nie wieder ein Weißer Luftpirat!«

Peer Dekret: »Dann nichts wie her mit dem Sturm. Das wird ein Fest! Los!«

Die Gefangenen wurden zur Seite geschafft. Zwolle wollte die Gelegenheit nutzen, um seinem Vater und auch Franka noch ein letztes Mal etwas zuzuflüstern, aber man zerrte ihn von beiden weg, unmittelbar vor die Bank der Zwölf Verschworenen. Der Boden der Arena teilte sich, als hätte jemand ihn zerschnitten. Dabei hatte Peer nur einen Hebel betätigt. Peer Dekret stand neben Turbulenzia am Richtertisch. Bei ihnen: Zephyr. Und Rättich.

Zwolle blickte zu ihm. Zu Rättich. Wie er dastand. Dieser Verräter! Dieser hinterhältige Lügner! Zwolle schüttelte sich vor Abscheu.

Aus dem Boden drückte sich jetzt – ganz langsam, sachte –

eine gigantische schwarze Röhre in die Höhe. Fünf Meter im Durchmesser, nach allen Seiten hin abgeschottet. Sie schien aus härtestem Luftstahl geschmiedet. Begleitet wurde ihr Erscheinen von einem surrenden Geräusch aus dem Innern, als würden in der Röhre Abermillionen Hornissen schwirren.

Zwolle schwitzte. Er wusste nicht, was auf ihn zukam. Ganz leer innerlich. Noch einmal zappelte er, als die Spiegelglatten ihn packten. Noch einmal warf er einen letzten Blick in die Runde. Dann sprang eine Tür am vorderen Ende der Röhre auf. Man stieß Zwolle hinein. Hinter ihm knallte die Tür wieder zu. Zwolle schrie auf. Dann war er drinnen. In der Röhre.

23

Dem Tod ins Auge sehen

Zwolle streckte die Hand aus. Er lehnte sich mit dem Rücken an die Außentür. Seine Fingerspitzen berührten eine weitere Tür dicht vor seinem Bauch. Er steckte also in einem ganz kleinen, engen Raum. Doch plötzlich ratterte die zweite Tür vor seiner Nase krachend hoch. Die große, lange schwarze Röhre lag jetzt vor ihm. In ihrem Innern konnte Zwolle etwas erkennen. Ein knusperndes Leuchten.

»Jetzt bist du drinnen«, flüsterte jemand, leise, knisternd, kichernd.

Das, dachte er, war wohl der Elektrische Sturm, und Zwolle sah jetzt ein paar Funken sprühen.

»Es gibt keinen Weg mehr lebend hinaus«, hörte Zwolle. »Komm, komm, komm zu mir, Kleiner.«

Zwolle ging einen Schritt voran.

»Wer bist du?«, fragte der Elektrische Sturm.

»Zwolle«, sagte Zwolle, so fest wie möglich.

»Und weiter?«

»Adiaba.«

»Wie alt?«

»Ein Jahr.«

»So jung? So jung?«

»Und du?«

»Ich? Bin der Elektrische Sturm. Nenn mich Henker. Ich werde durch dich hindurchfahren. Am Ende wirst du schwarz und platt und tot in der Schleuse liegen. Um es gleich zu sagen: Mir macht das keinen Spaß. Aber ich kann nicht anders. Ich weiß nicht, was du getan hast. Ich will es auch nicht wissen. Ich weiß nicht, ob du schuldig bist. Ich weiß nur: Es sterben alle, durch die ich fahre. Ich habe viele getötet. Nur *ich* sterbe nie. Nur ich bleibe hier, als Henker. Ich mache dir nichts vor. Ich sage dir, es wird wehtun. Ich habe die Schreie der Luftpiraten in den Ohren, die ich auf dem Gewissen habe. Musik meines Lebens. Eine Liste all der grausamen Taten, die ich begehen musste, seit man mich gefangen hat. Hast du mir noch etwas zu sagen, Zwolle?«

»Gibt es eine Möglichkeit, hier lebendig herauszukommen?«, fragte Zwolle.

»Das fragen alle«, stöhnte der Elektrische Sturm. »Nein, du wirst hier nicht lebendig herauskommen. Es gibt keine Möglichkeit. Es sei denn, du bist ein Weißer Luftpirat, aber das ist leider unmöglich.«

Zwolle horchte auf. »Was sagst du?«, fragte er.

»Ich sagte: Es sei denn, du bist ein Weißer Luftpirat …«

»Ich … Aber ich *bin* ein Weißer Luftpirat!«, stotterte Zwolle.

»Jaja«, summte der Elektrische Sturm, »das sagen auch alle, weil sie mich austricksen wollen oder denken, sie können mich austricksen, aber ich glaube das nicht, ich bin ja nicht wahnsinnig. Niemand würde einen Weißen Luftpiraten zu einem Elektrischen Sturm sperren. Niemand, der weiß, was dann geschieht. Ich wünsche mir seit Jahrtausenden, dass einmal ein Weißer Luftpirat kommt, aber irgendwann verliert man die Hoffnung. Egal. Los jetzt. Oder möchtest du noch was sagen?«

»Was würde denn geschehen, wenn ein Weißer Luftpirat käme?«, fragte Zwolle mit zitternder Stimme.

»Er würde mich endlich befreien.«

»Dich?«

»Ja, mich, Bohorok, den Elektrischen Sturm.«

»Und wie? Wie würde er …«

»Es reicht. Weißt du, ich werde nur alle paar Jahre bemüht. So oft werden Luftpiraten nicht hingerichtet. Außerdem nimmt man für gewöhnlich diesen dummen Fliegenpilz als Henker. Wenn dann jemand kommt, freue ich mich immer sehr darauf, reden zu können. Ist eine schöne Abwechslung. Aber nach ein paar Worten ermüdet mich das. Immer nur wollt ihr wissen, wie ihr hier rauskommt. Immer nur wollt ihr mich irgendwie austricksen. Keiner interessiert sich für mich! Wer ich bin oder woher ich komme oder wie man mich gefangen hat. Nein, dann bringe ich das lieber schnell hinter mich. Danach habe ich meine Ruhe. Dann lege ich mich wieder schlafen in eisiger Finsternis.«

»Ja, aber … Warte doch … Erzähl mir …«

Mehr hörte Zwolle nicht. Etwas kam auf ihn zu, das heißt, war schon dort, bei ihm, an ihm. Schlug ihn, riss ihn in die Höhe, wirbelte ihn um die eigene Achse, stach ihn, und Blut rann Zwolle aus der Nase. Das alles geschah fast ohne Geräusche.

»Was ist los?«, rief der Sturm plötzlich.

»Ich weiß nicht«, sagte Zwolle.

»Du müsstest längst tot sein.«

»Es geht mir gut!«, rief Zwolle.

»Das ist nicht möglich! Dann muss ich in dich hinein.«

Der Elektrische Sturm verdoppelte seine Wucht, leuchtete taghell auf in der Röhre, dann schlug er in Zwolles Körper ein, durchbrach die Brust ins Innerste. Aber Zwolle merkte davon kaum etwas.

»Wo bin ich?«, hörte er den Sturm in sich drinnen.

»Ich weiß nicht!«, sagte Zwolle.

»Komm, lass mich raus.«

»Keine Ahnung, wie das geht.«

»Wer bist du?«, fragte der Sturm.

»Ich hab es dir gesagt. Ich bin ein Weißer Luftpirat.«

»Das kann … Das wäre ja … Du sagst die Wahrheit?«

»Ja.«

»Du lügst nicht?«

»Nein.«

»Ein Weißer Luftpirat?«

»Ein Weißer Luftpirat!«

Bohorok schwieg. Er schien nachzudenken. Zwolle hörte in sich selbst ein zweites Herz klopfen. Und das raste förmlich.

»Hör zu!«, sagte der Sturm schließlich. »Ich will dir glauben. Es bleibt mir nichts übrig. Es gibt keine andere Erklärung. Dafür, dass du noch lebst. Zwolle. Merkwürdiger Name. Wenn es wirklich stimmt … Das wäre … Hör zu!« Der Sturm knisterte eine Weile in Zwolle, als dächte er nach. Dann sagte er: »Am Schluss jeder Hinrichtung schleudere ich das Opfer mit voller Wucht vor den Eingang. Dann schließt sich automatisch die zweite Tür, das ist eine Art Schleusentür, und die Schleuse füllt sich mit Wasser. Damit verhindern die Luftpiraten dort draußen, dass ich selber entfliehe. Denn ich kann im Wasser nicht überleben. Ich würde in der Schleuse verenden. Deshalb kann ich hier nicht raus. Und bleibe gefangen. Auf immer. Aber jetzt! Jetzt stecke ich ja in dir drin!«

»Wie ist das möglich?«, fragte Zwolle.

»Wenn du tatsächlich ein Weißer Luftpirat bist, hast du keine Strahlung in dir. Dein Körper ist leer. Du lädst dich mit mir auf.«

»Und warum wissen das die Luftpiraten nicht? Warum haben sie mich zu dir gesteckt?«

»Weil sie keine Ahnung haben. Von Weißen Luftpiraten. Das, was hier passiert, kann nur jemand wissen, der seit Jahren über Weiße Luftpiraten forscht und nachdenkt. Und das einzige Buch über Weiße Luftpiraten gelesen hat, das jemals geschrieben wurde. Von Aeristoteles. Seine Elektro-Tempestas-Theorie, die Gedanken zum Elektrischen Sturm.«

»Theo Rättich!«, rief Zwolle und schlug sich gegen die Stirn. »Theo Rättich! Er wusste es! Er hat das Buch gelesen! Er weiß Bescheid!«

»Was?«

»Er hat dafür gesorgt, dass ich jetzt hier drinnen stecke! Bei dir! Bei Bohorok! Dem Elektrischen Sturm. Er hat mich vor dem Fliegenpilz bewahrt! Ihm habe ich das alles hier zu verdanken! Rättich! Er ist kein Verräter! Im Gegenteil! Er ist mein Retter! Er hat die einzige Chance genutzt, die wir hatten!«

»Was sagst du da?«, fragte Bohorok. »Ich verstehe kein Wort!«

»Erklär ich dir später! Jetzt erzähl weiter, Bohorok!«

Zwolle fühlte sich plötzlich stark, riesig, unbesiegbar mit dem Sturm in seinem Innern.

»Hör zu«, sagte Bohorok. »Wenn ich in dir stecke, kann mir das Wasser nichts anhaben. Wenn du mich hier rausbringst, dann … Du wirst es nicht bereuen! Ich werde immer für dich da sein. Ich schwöre es. Wenn wir draußen sind, tu ich alles, was du mir befiehlst, Zwolle.«

Zwolle dachte nicht lange nach. Er sagte: »So sei es!«

Dann holte er tief Luft, nahm Anlauf, rannte durch die Röhre, der Sturm schickte ihm Licht und Kraft aus den Augen, schon sah Zwolle den Eingang und sprang mit aller Kraft gegen die Tür, sodass man draußen einen lauten Schlag hören musste. So hart war er gegen die Tür gesprungen, dass er kurz das Bewusstsein verlor.

»He!«, sagte der Sturm und rüttelte ihn von innen.

Zwolle schlug die Augen auf.

Hinter ihm ratterte die Schleusentür herunter.

Sofort sprudelte Wasser in den engen, jetzt geschlossenen Raum.

Und Zwolle stand auf.

»Luft holen!«, rief der Sturm.

»Also gut, Bohorok!«, rief Zwolle. »Ich vertraue dir! Auf gute Zusammenarbeit.«

»Mund zu!«

Zwolle wurde überspült. Er hielt die Luft an. Das Wasser stieg bis zur Decke. Es verstrichen dreißig Sekunden. Zwolle wurde unruhig dort unter Wasser. Er konnte unmöglich länger als zwei Minuten die Luft anhalten. Er hätte Bohorok jetzt gern gefragt, wie lange … Aber er konnte den Mund ja nicht öffnen. Weitere dreißig Sekunden verstrichen. Der enge Schleusenraum war inzwischen komplett voller Wasser. Noch einmal dreißig Sekunden. Zwolle wedelte mit den Armen. Es dauert zu lange!, dachte Zwolle. Nun würde er doch noch ertrinken! Er dachte an Adiaba, seinen Vater. Der ihn nach der Geburt hätte ertränken müssen. Es aber nicht getan hatte! Er dachte an seinen besten Freund Kaspar, den Luftikus, er dachte an Franka, die er … mochte … ja, er mochte sie, mochte sie sehr, das wusste Zwolle nun endlich ganz genau, und er dachte an Theo Rättich, den Professor, der so getan hatte, als würde er Zwolle verraten, aber das Gegenteil war der Fall, er hatte Zwolle erst ermöglicht, Bohorok zu treffen, Bohorok in sich aufzunehmen, den Elektrischen Sturm. Ein perfekter Plan! Aber wenn die Tür nicht aufging … Noch zehn Sekunden, noch neun, noch acht, dann wäre alles vorbei, dann würde Zwolle nach Luft schnappen müssen und statt Luft nur Wasser schlucken.

Doch plötzlich erscholl ein zischendes Geräusch, und die äußere Tür sprang auf. Zwolle wurde hinausgespült. Ein irrer, unbändiger Jubel brandete auf. Die Luftpiraten sprangen hoch von ihren Sitzen, rissen die Hüte von den Köpfen, warfen sie in die Luft und johlten wild.

Denn Zwolle lag dort wie tot. Aber er war alles andere als tot: Von innen spürte er plötzlich einen Ruck, eine Kraft, eine Macht, die ihn mit einem Satz hochwirbelte. Kurz keuchte Zwolle und spuckte ein wenig Wasser. Dann aber blickte er sich in der Arena um. Er schwebte zwei Meter über dem Boden. Aber nicht aus eigener Kraft, sondern durch Bohorok tief in ihm. Und die Luftpiraten verstummten.

24

So richtig geladen

Auch Peer Dekret erstarrte. So etwas hatte er noch nie gesehen. Dabei hatte er bereits zwei Hinrichtungen durch den Elektrischen Sturm angeordnet. Jedes Mal war der Luftpirat klatschnass und verkohlt und dampfend oder als nicht mehr erkennbarer Haufen nasser Asche aus der Schleuse gespült worden. Jetzt aber war der Luftpirat noch am Leben, ja, nicht nur am Leben, er atmete, er sah mit leuchtenden Augen in die Runde, dieser Weiße Luftpirat, es schien sogar ein Stück gewachsen zu sein, er schwebte stolz und aufrecht in ihrer Mitte …

Peer blickte ratlos zu Theo Rättich.

Rättich aber rieb sich die Hände. »Geklappt!«, rief er. »Es hat geklappt! Adiaba, Franka, Kaspar, mein Plan hat geklappt! Zwolle ist gerettet! Und jetzt wird er *uns* retten! Gemeinsam mit Bohorok! Dem Elektrischen Sturm in ihm! Das war alles nur eine Theorie! Aber die Theorie von Aeristoteles, sie stimmt! Ich bin glücklich! So glücklich!«

»Was geht hier vor?«, rief Peer Dekret.

Rättich rief Zwolle zu: »Tut mir leid, Zwolle, aber ich musste so tun, als würde ich dich hassen und vernichten wollen. Das war alles nur ein Nebel für die Luftpiraten und für Peer Dekret!«

»Ich weiß, ich weiß, ich danke Ihnen, Herr Professor!«, sagte Zwolle.

»Und jetzt lass ihn raus!«, sagte Rättich.

»Was?«, fragte Zwolle. »Wen?«

»Na, wen wohl? Den Sturm.«

»Und wie?«

»Einfach fallen lassen!«

Zwolle nickte.

»Zeig's ihnen!«, rief Rättich.

Zwolle breitete die Arme aus und ließ sich nach hinten kippen, spürte aber, wie etwas ihn auffing. Etwas tief in ihm. Zwolle lag dort. Quer in der Luft. Seine Augen weiteten sich. Und im selben Augenblick fuhr der Elektrische Sturm aus ihm heraus. Zwei gelbe Strahlen, die alles in ein gleißendes, unwirkliches Licht tauchten, und mit dem Licht kam aus Zwolles Augen ein Wind, ein Brausen, ein Toben, das alles, was die Luftpiraten je gesehen hatten, in den Schatten stellte. Das Dach der Arena flog mit einem einzigen Schnipsen in die Luft und verschwand taumelnd in den Himmeln über ihnen. Der Sturm erfasste Peer Dekret und Turbulenzia und Zephyr. Die wussten nicht, wie ihnen geschah. Bohorok hob sie hoch, als seien sie Papierfetzen, wirbelte sie hinaus, und in heilloser Windeseile wurden sie einmal durch den gesamten Luftraum geschleudert, und sie sahen in kurzen und zuckenden Bildern: die Luftstädte Aperta, Wosdog und Datschi, gruselige Windschatten, die Kondenswasser-Seen Tuffa und Bucea, einige berühmt-berüchtigte Wolkenkuckucksheime und ein Wetterhuhn, das gerade seine Wind-Eier ausbrütete, zwei Herden von Himmelsstürmern, eine kleine Himmel-Bahn, den ratternden Königlich-Äquatorialen Luftzug, sie sahen Sternschnuppen-Schnipper, fette Schneeschnepfen, giftige Luftschlangen und quirlige Luftblasen, und ganz zuletzt eine Horde widerlich bellender, schwarz-zottiger Luftmolche, die aussahen wie Schweine ohne Beine.

Das alles in wenigen Augenblicken. Schon kehrten sie wieder in die Arena zurück. Und sanft, ganz sanft setzte Bohorok sie ab.

Da standen sie, Turbulenzia und Peer Dekret, zitternd, bibbernd, ihre Umhänge, Hüte und Windhosen waren völlig zerrissen, und Zephyr lag wie eine kaputte Bowlingkugel auf dem Boden und regte sich nicht mehr.

»Bohorok?«, rief Zwolle. »Wo bist du?«

»Hier!«

Zwolle wandte den Kopf: Auf seiner Schulter saß jetzt ein wunderschöner Rabe, dessen Flügel golden schillerten, er putzte sich mit dem Schnabel das Gefieder.

»Bohorok? Bist du das?«

»Ich bin es«, sagte der Rabe. »Warum durfte ich deine Feinde nicht in der Luft zerreißen? Ich hätte sie …«

»Das wollte ich nicht«, sagte Zwolle.

»Ein Gedanke von dir hätte genügt, und ich …«

»Nein«, sagte Zwolle.

»Ich danke dir!«, sagte Bohorok. »Ich werde fortan immer an deiner Seite bleiben. Wenn du mich brauchst, bin ich da. Ich habe es dir versprochen. Ich werde es halten. Du hast mich befreit. Ich stehe in deiner Schuld. Ein Wort, ein Gedanke von dir wird genügen.«

Zwolle nickte und strich Bohorok durch das glänzende Gefieder, das bei seiner Berührung leicht knisterte.

Dann sagte Zwolle zu Peer Dekret: »Mach sie los!« Er deutete auf Kaspar, Franka und Adiaba. Peers Auge schimmerte eigentüm-

lich leer. Wie in Trance leistete Peer Dekret dem Befehl Folge.

Zwolle ging endlich zu Franka. »Na«, sagte er, »bin ich dir jetzt wild genug? Mit Bohorok an meiner Seite?«

Franka nickte stumm. Ihre violetten Haare standen immer noch zu Berge. Von dem, was sie soeben gesehen hatte.

In Zwolles Rücken ertönte die Stimme Turbulenzias. Sie faselte etwas, noch ganz unter dem Eindruck des kurzen Flugs durch den Luftraum. Sie rang die Hände, faltete sie und hob sie bittend zu Zwolle. »Gnade!«, bettelte sie. »Gnade!«

»Schaut mal!«, unterbrach Franka sie. »Ihre Hände! Sie kann ihre Hände zueinanderbringen!«

Erst jetzt schien auch Turbulenzia zu bemerken, was geschehen war: Im Wirbeln durch den Luftraum und in den bitteren Momenten der Todesangst hatten Turbulenzias Hände endlich zueinandergefunden. Jetzt sah sie ihre Hände an. Die sich festhielten. Einträchtig miteinander. Zum ersten Mal in ihrem Leben reichte sich Tramontana Turbulenzia selbst die Hand. Sie wusste nicht, was sie sagen sollte.

»Jetzt«, rief Adiaba, »wo Sie sich selbst die Hand reichen können, können Sie auch anderen die Hand reichen, oder nicht? Und, verehrte Tramontana Turbulenzia, Sie werden von nun an bestimmt eine weitaus bessere Herrscherin werden!«

»Meinen Sie wirklich, Adiaba?«, fragte Turbulenzia.

»Aber sicher!«

»Dann«, Turbulenzia drehte sich im Kreis, »dann – hört, was ich euch hiermit verkünde, meine Luftgenossen!«

Alle lauschten neugierig.

»Peer Dekret! Du bist des Amtes enthoben! Du bist kein Kapitän mehr! Hier liegt Zephyr, dein Kugelblitz. Nimm ihn und sperre ihn zum Fliegenpilz in den Glaskasten.«

Peer Dekret gehorchte. Der Kugelblitz war noch ganz verdattert von diesem kurzen, aber heftigen Flug mit dem Elektrischen Sturm. Im Glaskäfig belauerten sich Fliegenpilz und Kugelblitz. Beide wussten: Der andere kann mir gefährlich werden. Ich muss aufpassen.

»Wir wollen alle hoffen«, fuhr Turbulenzia fort, »dass unser Weißer Luftpirat namens Zwolle gemeinsam mit dem Elektrischen Sturm Bohorok ein besserer Kapitän von Ätheria sein wird, als Peer Dekret es war. In eure Hände legen wir unser Schicksal.«

Und Turbulenzia verbeugte sich vor Zwolle.

»Halt! Stopp! Moment mal!«, rief Zwolle. »Ich will gar nicht Kapitän werden! Ich bin viel zu jung. Ich weiß gar nicht, wie das geht, Kapitän sein!«

»Also gut!«, murmelte Turbulenzia. »Dann bestimme ich – bis zu dem Augenblick, da Zwolle ein ausgewachsener Luftpirat sein wird –, dann bestimme ich eben Herrn Doktor Amadäus Adiaba, deinen Vater, Zwolle, den Vater des Weißen Luftpiraten, zum neuen Kapitän der Stadt Ätheria.«

»Mich?«, rief Adiaba.

»Ja!«, sagte Turbulenzia. »So sei es!«

»Aber wollt ihr das denn überhaupt?«, rief Adiaba und wandte sich an die versammelten Luftpiraten.

Ein paar Sekunden lang herrschte Schweigen. Dann brachen alle Luftpiraten in die größten denkbaren Jubelrufe aus. Ein »Hoch!« und »Hurra!« und »Juhu!« dröhnte durch die Arena. Aber rasch verstummten die Luftpiraten. Jubel? Freude? Nein. Das schien fehl am Platz. Und der Jubel wandelte sich jetzt in allerdröhnendste Buh-Rufe. Sie polterten, donnerten, brüllten, rumpelten, grollten, tobten und johlten, dass die Wände der Arena erzitterten. Und das bedeutete: Ja! Sie wollten! Sie wollten unbedingt! Alle wollten sie. Alle. Außer Peer Dekret.

25

Fast alles geht zu Ende

Zwei Wochen später hutzelte Zwolle durchs Luftschiff. Auf einer Stange hockte der Rabe Bohorok. Er hatte den Schnabel ins golden glitzernde Gefieder getunkt. Ab und zu krähte er. Neben ihm saß Kaspar, der Luftikus, in Gestalt eines Eisvogels. Er verstand sich ganz hervorragend mit Bohorok. In einem Kasten aus Glas in der Ecke des Palasts schwebten Zephyr und der Fliegenpilz. Beide versuchten ab und zu, aus dem Kasten rauszukommen, aber es war zwecklos. Am Kopf des riesigen Tischs saß Amadäus Adiaba. Er kaute auf einem Kugelschreiber.

Zwolle hob den Kopf. Vor dem Fenster schwebte etwas. Er sah sich die Sache genauer an: Geflügelte Worte. Dieselben Geflügelten Worte, die er schon einmal gesehen hatte. Damals, im Luftloch Nummer elf, mit Franka: GLEICH UND GLEICH GESELLT SICH GERN und GEGENSAETZE ZIEHEN SICH AN. Da hörte er ein Geräusch und drehte sich um. Es war Franka.

»Hör zu!«, rief Franka. »Du denkst, ich hab nichts Besseres zu tun, als bei dieser Sitzung hier aufzutauchen?«

In den letzten zwei Wochen waren sich Franka und Zwolle noch näher gekommen. Wenn Franka sich zu sehr ärgerte, war es Zwolle, der sie wieder erdete – wenn es denn möglich ist, dass man an der Luft jemanden erden kann. Und wenn Zwolle zu harmonisch vor sich hin döste, war es Franka, die ihn aufweckte. Jetzt aber verstrickten sie sich wieder in ein Wortgefecht, ehe Zwolle mit den Schultern zuckte und zum Fenster zeigte. Franka schwieg. Wieder entbrannte zwischen den beiden Geflügelten Worten ein Kampf. Mal lag das eine Wort im Vorteil, mal das andere. Zwolle und Franka schauten zu. Eine Entscheidung war nicht in Sicht. Da spürten sie beide plötzlich eine Hand auf ihren Köpfen und fuhren herum.

»Professor Rättich!«, sagte Franka.

»Zwolle! Franka!«

»Schauen Sie!«, rief Zwolle und deutete zu den Geflügelten Worten.

»Ein Paradoxon!«, sagte Theo Rättich.

»Ein was?«

»Ein Widerspruch. Keines der beiden Geflügelten Worte scheint gleichzeitig neben dem anderen existieren zu können. Die eine Wahrheit schließt die andere aus.«

Wieder endete der Kampf unentschieden. Die Geflügelten Worte entfernten sich, gezeichnet vom heftigen Ringen.

»Wisst ihr«, sagte Rättich, »manchmal haben auch Widersprüche ihren Sinn. Vielleicht ist es ja so, dass *beide* Geflügelten Worte recht haben.«

»Wie kann das sein?«, fragte Zwolle.

»Gegensätze ziehen sich an, schön und gut, aber wenn die Gegensätze Gegensätze bleiben, werden sie sich auch wieder trennen.«

Zwolle dachte noch darüber nach, als Rättich schon fortfuhr.

»Gleich und Gleich gesellt sich gern, schön und gut, aber wenn die zwei Gleichen immer nur gleich bleiben, wenn sie sich nie ändern, dann wird es mit der Zeit eintönig und langweilig.«

Zwolle überlegte scharf.

»Vielleicht ist *beides* wichtig im Leben«, sagte Theo Rättich. »Gegensätze, die sich einander nähern; und Gleichheiten, die sich voneinander entfernen.«

Zwolle grübelte. So ganz kapierte er das nicht. Aber er hatte das Gefühl, dass das, was er hörte, mit ihm und Franka zu tun hatte. Und dass es sich lohnen würde, darüber nachzudenken.

»Zwolle?«, fragte Rättich.

»Ja?«

»Weißt du, ich hab angefangen, ein neues Buch zu schreiben. *Die Wahrheit über Weiße Luftpiraten.* Ich bräuchte vielleicht noch ein paar Informationen.«

»Klar«, sagte Zwolle, und er trat mit Franka und Rättich zum Tisch, an dem Adiaba saß. Auch Peer Dekret war anwesend. Er stand in einer Ecke des Luftschiffs.

»Hiermit«, sagte Adiaba, »eröffne ich die erste Sitzung des neuen Verwaltungsrats der Stadt Ätheria.«

»Waaas??«, rief Franka.

»Anwesend sind die Verwaltungsräte Franka Brubu, Theo Rättich, der Luftikus Kaspar, Zwolle Adiaba und als Vorsitzender ich, also Doktor Amadäus Adiaba.«

»Aber ich weiß nicht, ob ...«, polterte Franka los.

»Das Protokoll führt Peer Dekret«, unterbrach Adiaba die kleine Luftpiratin. »Damit haben wir ihn immer im Auge.«

Peer hutzelte eilig herbei und stammelte: »Sehr wohl!« Dabei warf er einen ängstlichen Seitenblick zu Bohorok, dem Elektrischen Sturm, der in der Gestalt eines Raben existierte. Peer Dekret wollte sich auf jeden Fall ruhig verhalten. Nur nicht auffallen. Keinen Mist bauen! Alles tun, was man ihm sagte! Die Vorstellung, dass er noch einmal von Bohorok durch die Himmel geschossen werden würde, ließ ihn vor Furcht erzittern. Der Rabe krächzte und warf einen drohenden Blick auf Peer Dekret, der sich schaudernd abwandte.

»Folgendes ist zu tun und zu besprechen«, fuhr Adiaba fort. »Eine grundlegende Erneuerung des Lehrplans für das JSK-Gymnasium der Luftstadt Ätheria muss her!«

Peer Dekret hustete, als hätte er sich verschluckt.

»Das Johann-Sebastian-Krach-Gymnasium wird zunächst einmal umgetauft. Wir ändern den Namen! Es heißt von heute an: Johann-Sebastian-Lach-Gymnasium.«

»Aber das geht doch nicht!«, rief Peer Dekret, verstummte sofort, als Bohorok kurz mit den Flügeln schlug.

»Das Streiten wird als Schulfach nicht abgeschafft«, fuhr Adiaba fort, »aber es erhält eine neue Form. Die Schüler sollen den Unterschied lernen zwischen einem *sinnlosen Streit* und einem *sinnvollen Streit*. Den Unterschied zwischen einem Streit, bei dem es *um nichts* geht und einem Streit, bei dem es *um alles* geht. Den Unterschied zwischen blinder Wut und sehender Empörung. Sie sollen lernen, dass ein sinnloser Streit die Luftpiraten

gefährden und ein sinnvoller Streit die Luftpiraten erfüllen kann. Sie sollen lernen, dass man durchaus für eine Sache streiten kann, und zwar gemeinsam. Sie sollen für ein Ziel miteinander kämpfen, statt für nichts und wieder nichts gegeneinander. Deshalb werden ab sofort immer zwei Luftpiraten zusammen in einem Luftloch wohnen!«

Noch viele andere Dinge wurden geklärt und besprochen an diesem Tag. Nur Franka köchelte die ganze Zeit vor sich hin, bis ihr endlich der Kragen platzte: »Und was ist mit meiner Mutter?«, rief sie. »Denkt hier irgendwer auch mal an meine Mutter?«

Adiaba sah sie traurig an. »Ja. Nun«, sagte er. »Das ist eigentlich der wichtigste Punkt. Den habe ich mir für den Schluss aufbewahrt. Franka. Hör zu. Das wird jetzt nicht einfach … Also … Ich muss dir etwas sagen … Es könnte sein …« Hilflos blickte Adiaba in die Runde.

Franka sah ihn mit großem Auge an.

»Also«, fuhr Adiaba fort. »Die Sache ist folgende.« Er machte eine Pause, weil er nicht wusste, wie er anfangen sollte. »Ich muss euch etwas verraten.«

Alle rückten ein Stückchen näher.

»Es gibt noch eine andere Möglichkeit für Donnas Verschwinden. Eine schreckliche. Eine furchtbare!«, sagte Adiaba.

»Schieß los!«, rief Franka.

»Also gut.« Adiaba hustete. »Es ist so: Geraten zwei Luftpiraten in Streit, also ich meine, auf einer Wolke, dann kann es passieren – selten, sehr selten –, dass sich ein Luftpirat zu sehr aufregt. Er steigert sich in seine Tobsucht hinein, und zwar so sehr, bis er … schlicht und ergreifend … na ja … *platzt.*«

»Wie, platzt?«

»Er platzt vor Wut.«

Zwolle sagte nichts.

»Man nennt es *Das Große Platzen*«, fuhr Adiaba fort. »Die Wucht des Knalls ist unglaublich groß.«

»Und dann? Wenn der Luftpirat geplatzt ist? Was dann?«

»Es ist aus und vorbei! Luftpiraten bestehen zu 90% aus Wasser. Und der Luftpirat platzt und platscht in einem Schwall auf die Erde. Das ist das, was die Menschen *Platzregen* nennen.«

Franka schwieg eine Weile.

»Und du meinst, meine Mutter …«

»Es könnte sein. Es muss nicht sein, aber es könnte sein. Wie gesagt, eigentlich geschieht es sehr selten. Aber …«

In diesem Augenblick kullerte eine dicke Träne Frankas Wange hinab. Die Vorstellung, ihre Mutter könnte gestorben sein, verloren, für immer fort, geplatzt! Sie würde nie wieder zurückkehren, ihre Mutter! Und Franka sah, wie die Träne auf den Tisch fiel, und dies machte sie noch trauriger, als sie ohnehin schon war. Sie spürte diesen Kloß im Hals, als würde sich alles zuschnüren, und schon wollte sie ihren Tränen, all den ungeweinten Tränen ihres

Lebens, freien Lauf lassen, da erscholl plötzlich eine Stimme, und Franka hob den Kopf, es war eine quäkende, eine näselnde Stimme, und die Stimme sagte: »Papperlapapp! Das ist alles blanke Theorie! Die Wahrheit sieht ganz anders aus! Wie immer! Wisch die Träne ab, Franka, es geht los! Deine Mutter! Franka! Du hast sie mir beschrieben! Diese lilahaarige Furie! Mit der Narbe auf der Stirn?«

»Charley?«, rief Theo Rättich.

»Charley Gottchen!«, rief Zwolle.

»Wo warst du die ganze Zeit?«, fragte Kaspar.

Franka horchte auf.

»Wo ich die ganze Zeit war?«, rief Charley. »Na! Deine Mutter suchen! Was sonst? Wochenlang! Und was soll ich sagen? Ich hab sie auch gefunden!«

»Du hast sie gefunden?«, rief Franka.

»Ja. Donna Brubu! Violette Haare! Als ich vom Tafelberg runter bin, ihr habt ja keine Ahnung, was mir alles passiert ist.«

»Meine Mutter ist nicht zerplatzt?«

»Ach was! Donna lebt! Deine Mutter lebt! Sie ist in einen Monsun geraten, das schon, aber sonst geht es ihr gut! Donnerlittchen! Ich bin ein Stückchen mit ihr mitgeflogen! Sie richtet dir Grüße aus, sie steckt fest im Monsun! Aber kein Problem! Wir müssen nur dem Monsun folgen und sie an einer der vielen Luftsäulen unterwegs rausziehen! Dafür müssen wir ziemlich viel

Luft aufwirbeln, Leute! Keine heiße, sondern kalte Luft. Damit Donna auf der kalten Luft nach oben surfen kann, raus aus dem Monsun.«

Franka sprang in die Luft, machte eine Salto und jubelte: »Am liebsten würd ich dich umarmen, Charley Gottchen!«

»Das wird schwierig!«, lachte Charley.

»Und du bist sicher, dass wir das schaffen?«, rief Franka.

»Ist alles kein Problem!«, sagte Charley. »Deine Mutter haben wir ruck, zuck befreit. Vor allem, wenn ich dabei bin. I-hich! Dann kann sowieso nichts schiefgehen, denn ich bin ja der Größte, der Einzige, der Wahre, ich bin, der ich bin, Freunde, ihr macht euch kein Bild davon, wie ich aussehe, denn ich mach mir selber kein Bild davon, wie ich aussehe, weil ich es gar nicht weiß. Aber geben muss es mich schon irgendwie, denn ich rede hier ja ohne Punkt und Komma, und wer redet, der existiert, und im Anfang war das Wort, und das Wort war und ist immer noch bei mir, der Stimme, also ist auch am Ende das Wort bei mir, oder nicht? Es muss bei mir sein, Leute! Also, lasst mich mal einen Tag verschnaufen, ihr Piraten, Luft holen, ausruhen, zu Stimme kommen, versteht ihr, und dann brechen wir auf und retten Donna Brubu! Alle gemeinsam! Hach! Ihr werdet schon noch sehen, dass eine Stimme viel mehr ist als nur eine Stimme. Dass Worte viel mehr sind als nur Worte. Weitaus mehr als Schall und Rauch.«

© Olaf Kutzmutz

Markus Orths, geboren 1969 in Viersen, lebt als Autor in Karlsruhe und veröffentlichte 12 Bücher für Erwachsene, zuletzt den Roman »Picknick im Dunkeln« im Carl Hanser Verlag. Er ist Vater von drei Kindern. Daher sind die Kinderbücher zunächst für seine eigenen Kinder entstanden. Und wachsen mit ihnen. Nach vier Büchern für Kinder ab 6 folgt nun das erste Buch für Kinder ab 9. Seinen beiden größeren Jungs hat er das Manuskript vorgelesen. Sie sagten: »Echt krass, Alter!«

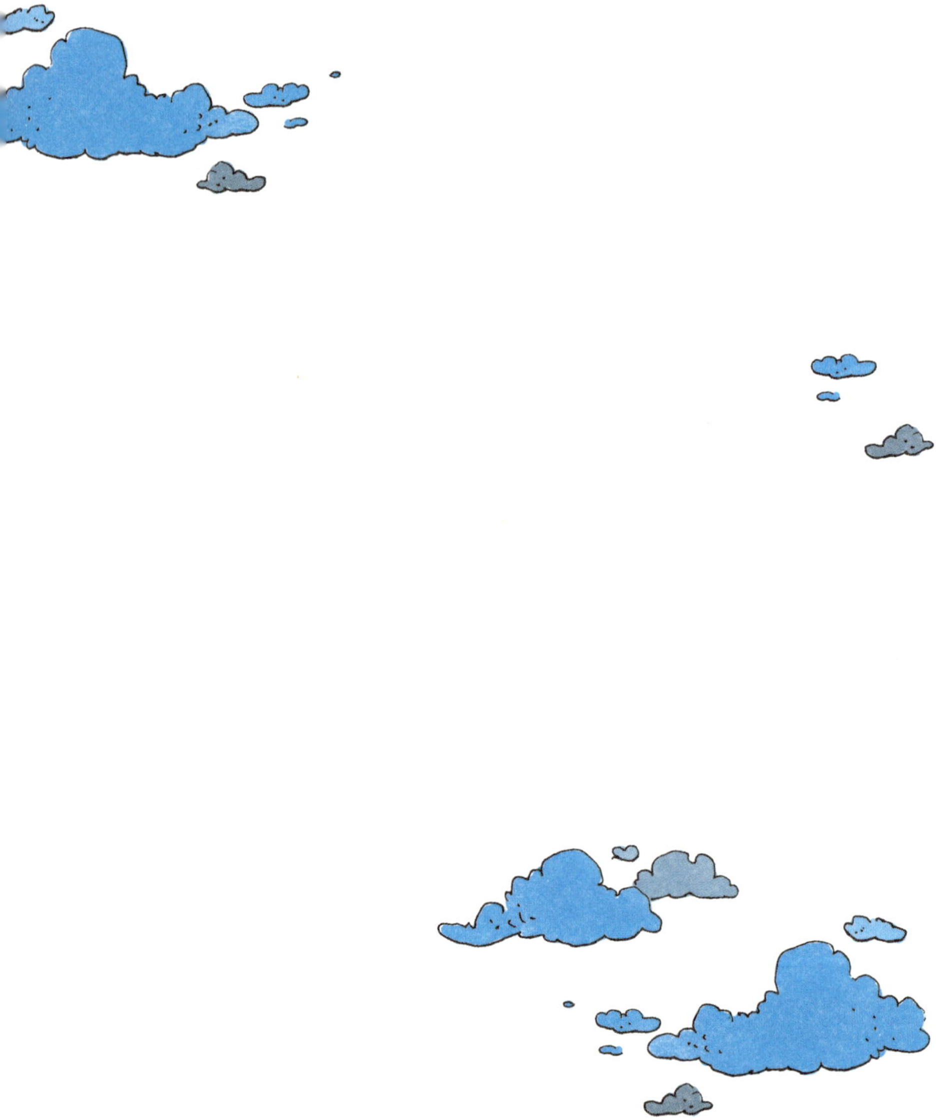

Lena Winkel, geboren 1993 in Betzdorf (Sieg), wollte eigentlich Pokémon-Erfinderin werden. Sie studierte also Illustration in Hamburg und Paris und geriet dabei auf Abwege! Jetzt macht sie Kinderbücher und Comics und zeichnet natürlich am liebsten nicht-menschliche Tiere.

Donner-
dackel
Monsunkrokodil
Sturmschild-
kröte
UR-
KNALL
WUFF!
Wetter-
huhn
Wind-
hunde
Blitz-
schleiche